Eine Uberwinterung im Eise

Jules Verne

Impressum

Autor: Jules Verne
Umschlagkonzept: toepferschumann, Berlin

Verlag: tradition GmbH, Hamburg
ISBN: 978-3-8424-1369-6
Printed in Germany

Tucholsky Wagner Zola Scott Sydow Freud Schlegel
Turgenev Wallace Fonatne

Twain Walther von der Vogelweide Fouqué Friedrich II. von Preußen
Weber Freiligrath

Fechner Weiße Rose von Fallersleben Kant Ernst Frey
Fichte Richthofen Frommel

Fehrs Engels Fielding Hölderlin Tacitus Dumas
Faber Flaubert Eichendorff

Feuerbach Maximilian I. von Habsburg Fock Eliasberg Zweig Ebner Eschenbach
Ewald Eliot Vergil

Goethe Elisabeth von Österreich London
Mendelssohn Balzac Shakespeare Dostojewski Ganghofer
Lichtenberg Rathenau Doyle Gjellerup
Trackl Stevenson Hambruch
Mommsen Tolstoi Lenz Droste-Hülshoff
Thoma Hanrieder

Dach von Arnim Hägele Hauff Humboldt
Verne
Reuter Rousseau Hagen Hauptmann Gautier
Karrillon Garschin

Damaschke Defoe Hebbel Baudelaire
Descartes Hegel Kussmaul Herder
Wolfram von Eschenbach Dickens Schopenhauer
Darwin Rilke George
Bronner Melville Grimm Jerome
Campe Horváth Aristoteles Bebel Proust

Bismarck Vigny Voltaire Federer Herodot
Gengenbach Barlach Heine

Storm Casanova Tersteegen Grillparzer Georgy
Chamberlain Lessing Langbein Gilm Gryphius
Brentano Lafontaine
Strachwitz Claudius Schiller Kralik Iffland Sokrates
Katharina II. von Rußland Bellamy Schilling
Gerstäcker Raabe Gibbon Tschechow

Löns Hesse Hoffmann Gogol Wilde Vulpius
Luther Heym Hofmannsthal Gleim
Roth Klee Hölty Morgenstern Goedicke
Luxemburg Heyse Klopstock Kleist
La Roche Puschkin Homer Mörike Musil
Machiavelli Horaz
Navarra Aurel Musset Kierkegaard Kraft Kraus
Nestroy Marie de France Lamprecht Kind Kirchhoff Hugo Moltke

Nietzsche Nansen Laotse Ipsen Liebknecht
Marx Ringelnatz
von Ossietzky Lassalle Gorki Klett Leibniz
May vom Stein Lawrence Irving
Petalozzi Knigge
Platon Kafka
Sachs Pückler Michelangelo Kock
Poe Liebermann Korolenko
de Sade Praetorius Mistral Zetkin

Erstes Capitel.

Die schwarze Flagge.

Um 12. Mai 18.. um fünf Uhr Morgens erhob sich der Pfarrer der alten Kirche in Dünkirchen, um wie gewöhnlich die erste stille Messe zu lesen, bei der nur einige alte Fischer zugegen zu sein pflegten.

Er wollte sich, mit seinen Priesterkleidern angethan, soeben zum Altar begeben, als ein Mann, Freude und Aufregung in den Zügen, zu ihm in die Sakristei trat. Es war ein Schiffer im Alter von etwa sechzig Jahren, aber mit noch kräftiger, gedrungener Gestalt und gutem, ehrlichem Gesicht.

»Herr Pfarrer, halt! ich bitte schön! rief er.

– Was wollen Sie denn so früh am Tage, Johann Cornbutte? fragte der Pastor.

– Was ich will?... Am liebsten Ihnen um den Hals fallen, Herr Pastor; nichts mehr und nichts weniger!

– Aber doch erst nach der Messe, der Sie jetzt wohl beiwohnen werden...

– Ach was! Herr Pastor! entgegnete lachend der alte Seemann. Kümmern Sie sich heute nicht um die Messe; Sie müssen mir einen andern Dienst erweisen!

– Warum soll ich meine Messe nicht lesen, Johann Cornbutte? Erklären Sie sich schnell; die Glocke hat zum dritten Mal geläutet... drängte der Pfarrer.

– Mag sie nun geläutet haben oder nicht, Herr Pastor, versetzte Johann Cornbutte; wir werden sie heute noch oftmals läuten hören. Haben Sie mir ja versprochen, die Heirat meines Sohnes Ludwig und meiner Nichte Marie mit Ihren eigenen Händen einzusegnen!

– So ist Ludwig angekommen? rief freudig der Pfarrer.

– Ja, oder doch so gut wie angekommen, antwortete Cornbutte und rieb sich vor Vergnügen die Hände. Die Wache hat bei Sonnenaufgang unsere Brigg signalisirt, die Sie selbst auf den schönen Namen »Jeune-Hardie« getauft haben!

5

– So wünsche ich Ihnen aus tiefstem Herzen Glück, mein alter Cornbutte, sagte der Pfarrer und legte sein Meßgewand und seine Stola ab; ich bin unserer Verabredung eingedenk und werde mich heute von dem Vicar vertreten lassen, um Ihnen für die Trauung Ihrer Kinder zur Verfügung zu stehen.

– Und ich verspreche Ihnen dafür, daß Sie nicht zu lange nüchtern bleiben sollen! rief der Seemann. Das Aufgebot haben Sie bereits erlassen; so brauchen Sie meinen Sohn nur noch von den Sünden zu absolviren, die man in den nördlichen Meeren zwischen Himmel und Erde begehen kann. War es nicht eine prächtige Idee von mir, die Hochzeit gleich auf den Tag seiner Rückkehr anzusetzen und zu bestimmen, daß er seine Brigg nur verlassen soll, um zur Trauung nach der Kirche zu gehen?

– Ordnen Sie Alles an, Cornbutte.

– Gewiß, Herr Pfarrer, ich werde mich beeilen. Auf baldiges Wiedersehen!«

Der Seemann eilte mit großen Schritten nach seinem am Kai gelegenen Hause, von welchem aus man zu seinem großen Stolz auf das Meer schauen konnte.

Johann Cornbutte war für seine Verhältnisse wohlhabend; nachdem er lange Zeit die Schiffe eines reichen Rheders in Havre befehligt hatte, ließ er sich in seinem Heimatorte nieder und baute hier auf eigene Rechnung die Brigg Jeune-Hardie. Mehrere Reisen des Schiffes nach dem Norden nahmen einen glücklichen Verlauf, und es wurde seine Holz-, Eisen- und Theerladungen immer zu guten Preisen los. Johann Cornbutte trat nun seinem Sohn Ludwig, einem wackeren Seemann von dreißig Jahren, das Commando ab; derselbe war, nach der Aussage aller Küstenfahrer-Kapitäne, einer der tüchtigsten Matrosen aus ganz Dünkirchen.

Ludwig Cornbutte hing mit großer Liebe an Marie, der Nichte seines Vaters, und auch dieser wurden die Tage von Ludwig's Abwesenheit sehr lang. Marie war kaum zwanzig Jahre alt und eine schöne Flamänderin mit einem Tropfen holländischen Blutes in den Adern. Ihre Mutter hatte sie auf dem Todtenbette ihrem Bruder Johann Cornbutte empfohlen, und der wackere Seemann hatte das Vertrauen der armen Frau nicht zu Schanden gemacht; er liebte

Marie wie seine eigene Tochter und sah in der beabsichtigten Vereinigung seines Sohnes mit ihr eine Quelle dauernden Glücks.

Mit der Ankunft der signalisirten Brigg auf der Höhe des Fahrwassers endigte eine wichtige commercielle Unternehmung, von welcher Johann Cornbutte großen Gewinn erwartete. Die Jeune-Hardie war ein volles Vierteljahr unterwegs gewesen, kam in letzter Linie von Bodoë an der Westküste von Norwegen zurück und hatte ihre Reise rasch vollendet.

Als Johann Cornbutte in seine Wohnung trat, fand er das ganze Haus in lebhafter Aufregung; Marie legte mit freudestrahlenden Augen ihr Brautkleid an.

»Wenn nur die Brigg nicht eher ankommt als wir! rief sie.

– Beeile Dich, Kleine, drängte Johann Cornbutte; der Wind kommt von Norden her, und die Jeune-Hardie fährt gut, wenn sie raumschoots segelt.

– Haben Sie unsere Freunde benachrichtigt, Onkel? fragte Marie.

– Gewiß!

– Auch den Notar und den Pfarrer?

– Sei unbesorgt; mir scheint nur, Du allein wirst uns warten lassen!«

In diesem Augenblick trat Gevatter Clerbaut ein.

»Nun, mein alter Cornbutte, das nenne ich Glück! rief er aus. Dein Schiff kommt gerade zur Zeit an; die Regierung hat soeben große Holzlieferungen für die Marine ausgeschrieben.

– Was geht das mich an? fragte Johann Cornbutte; wir haben jetzt an Anderes zu denken, als an die Regierung! Sie müssen wissen, Herr Clerbaut, daß wir jetzt nur einen Gedanken haben, und das ist die Rückkehr unseres Ludwig.

– Ich will nicht leugnen, daß ... meinte der Gevatter; aber diese Holzlieferungen...

– Sie werden doch auch bei der Hochzeit sein? fragte Johann Cornbutte, indem er ihm in die Rede fiel und dem Geschäftsmann mit solcher Herzhaftigkeit die Hand drückte, daß dieser meinte, er wolle sie ihm zermalmen.

– Die Holzlieferungen...

– Alle unsere Freunde zu Wasser und zu Lande sind dabei, Clerbaut. Ich habe sie schon sämmtlich benachrichtigt und gedenke, auch die ganze Mannschaft der Brigg einzuladen!

– Werden wir sie am Hafendamm erwarten? fragte Marie.

– Ich denke doch, antwortete Johann Cornbutte. Der Zug geht zu Zweien, mit der Musik voran!«

Die Gäste kamen alsbald an, und obgleich es noch sehr früh am Tage war, fehlte nicht ein Einziger am Versammlungsplatz.

Jeder beeilte sich, dem wackern Seemann zur Ankunft seines Sohnes Glück zu wünschen, und Jeder freute sich mit ihm, denn er genoß große Liebe und Achtung im ganzen Orte.

Marie lag auf den Knieen und sandte statt ihrer sonstigen Gebete inbrünstige Danksagungen zum Himmel empor. Bald trat sie, schön geschmückt, wieder in den gemeinsamen Saal, ließ sich von allen Gevatterinnen die Wange küssen und reichte den Gevattern ihre Hand. Nun gab Johann Cornbutte das Zeichen zum Aufbruch.

Es war ein interessantes Schauspiel, wie die freudig bewegte Schaar bei Sonnenaufgang den Weg zum Meere einschlug. Die Nachricht von der Ankunft der Brigg war schnell im Hafen bekannt geworden, und wo der Zug vorüberkam, zeigten sich Köpfe in Nachthauben an den Fenstern und in den halbgeöffneten Thüren. Von allen Seiten winkte man Grüße und Glückwünsche.

So kam der Hochzeitszug unter Lobsprüchen und Segnungen am Hafendamm an; das Wetter war prächtig geworden; es schien fast, als wolle sich die Sonne am Fest betheiligen. Ein schöner Nordwind schwellte die Wogen, und einige Fischerschaluppen, die alle Segel so dicht wie möglich beim Winde gestellt hatten, durchstreiften in rascher Fahrt das Meer zwischen den Hafendämmen.

Der Kai des Hafens von Dünkirchen wird durch zwei Molen verlängert, die weit in's Meer hinausreichen. Die fröhliche Schaar nahm die ganze Breite der nördlichen Mole ein und erreichte bald ein kleines Häuschen, das am Ende derselben lag, und in dem der Hafenwächter wohnte.

Die Brigg Johann Cornbutte's war jetzt mehr und mehr sichtbar geworden; der Wind machte sich frischer auf, und die Jeune-Hardie segelte schnell unter ihren Marssegeln, ihrem Fock- und Briggsegel und ihren Bram- und Oberbramsegeln vor dem Winde. Augenscheinlich herrschte an Bord ebensolche Freude wie an Land. Johann Cornbutte hatte ein langes Fernrohr in der Hand und antwortete munter auf die Fragen seiner Freunde.

»Meine schöne Brigg! rief er; so hübsch und blank, als liefe sie eben aus dem Hafen von Dünkirchen aus! Keine Havarie! kein einziges Tau weniger!

– Sehen Sie Ihren Sohn, den Kapitän? fragte man.

– Nein, noch nicht. O, er hat natürlich jetzt viel zu thun!

– Warum mag er seine Flagge nicht aufziehen? fragte Clerbaut.

– Ich weiß nicht, mein alter Freund; er wird wohl seine Gründe dazu haben.

– Bitte, gieb mir Dein Fernrohr, lieber Onkel, rief jetzt Marie und nahm ihm das Instrument aus den Händen; ich möchte die Erste sein, die ihn sieht!

– Ich bitte doch zu bedenken, daß er mein Sohn ist, Fräulein, meinte der Alte scherzend.

– Dein Sohn ist er seit dreißig Jahren, entgegnete lachend das junge Mädchen; mein Bräutigam aber erst seit zwei Jahren!«

Die Jeune-Hardie war jetzt ganz in Sicht; die Mannschaft traf bereits ihre Vorbereitungen zur Landung. Die hohen Segel waren aufgegeit, und man konnte einige Matrosen erkennen, die in die Takelage eilten. Aber weder Marie noch Johann Cornbutte hatten bis jetzt dem Kapitän der Brigg einen Gruß zuwinken können.

»Dort ist der Obersteuermann André Vasling! rief Clerbaut.

– Und dort Fidèle Misonne, der Zimmermann, bemerkte ein Hochzeitsgast.

– Und jetzt sehe ich auch unsern Freund Penellan!« rief ein Anderer, indem er dem Erwähnten ein Zeichen machte.

Die Jeune-Hardie war nur noch drei Kabellängen vom Ufer entfernt – da stieg ein schwarzes Segel an der Gaffel des Briggsegels auf ... Es war Trauer an Bord!

Ein Gefühl namenlosen Schreckens durchzuckte Alle, besonders aber das Herz der jungen Braut.

Die Brigg lief langsam in den Hafen ein, und kaltes, tiefes Schweigen herrschte auf dem Verdeck. Bald hatte sie das Ende des Hafendammes passirt, und Marie sowie Johann Cornbutte und alle Freunde stürzten nach dem Kai, an dem sie beilegen sollte, und befanden sich in wenigen Augenblicken an Bord.

»Mein Sohn!« rief Johann Cornbutte; er konnte kein weiteres Wort hervorbringen.

Die Seeleute wiesen, entblößten Hauptes, auf die Trauerflagge.

Marie schrie verzweiflungsvoll auf und sank dem alten Cornbutte in die Arme.

André Vasling hatte die Jeune-Hardie zurückgeleitet; Ludwig Cornbutte, Mariens Verlobter, war nicht mehr an Bord.

Zweites Capitel.

Johann Cornbutte's Plan.

Sobald das junge Mädchen unter der Obhut liebender Freunde die Brigg verlassen hatte, theilte der Obersteuermann André Vasling Johann Cornbutte des Näheren das Ereigniß mit, durch welches er des Wiedersehens mit seinem Sohn beraubt worden war, und das in dem Schiffsjournal folgendermaßen verzeichnet stand:

»Unser Schiff, das bei schlechtem Wetter und stürmischen Südwestwinden beigelegt hatte, bemerkte am 26. April auf der Höhe des Maëlstroms Nothsignale, die ihm von einem Schooner unter dem Winde gemacht wurden. Dieser Schooner, der seines Fockmastes beraubt war, ließ sich willenlos vom Winde auf den Strudel zutreiben. Als Kapitän Cornbutte sah, wie das Schiff einem gewissen Untergang entgegenging, beschloß er, sich an Bord zu begeben; trotz der Vorstellungen seiner Leute ließ er die Schaluppe in's Meer setzen und stieg mit dem Matrosen Cortrois und dem Untersteuermann Pierre Nouquet ein. Die Mannschaft folgte ihnen mit den Augen, bis sie im Nebel verschwanden. Die Nacht kam heran, und das Meer ging immer höher. Die Jeune-Hardie lief, von den in diesen Breiten herrschenden Strömungen angezogen, Gefahr, vom Maëlstrom verschlungen zu werden, und sah sich genöthigt, vor dem Winde zu fliehen. Es war vergebens, daß sie mehrere Tage an dem Orte des Unheils kreuzte: die Schaluppe der Brigg sowohl, wie der Schooner und Kapitän Ludwig nebst den beiden Matrosen blieben verschwunden. André Vasling versammelte nun die Mannschaft, ergriff den Oberbefehl über das Schiff und segelte nach Dünkirchen zurück.«

Als Johann Cornbutte diese Erzählung, die mit der trockenen Kürze eines einfachen See-Erlebnisses in das Schiffsbuch eingetragen war, gelesen hatte, konnte er seine Thränen nicht zurückhalten; er weinte lange und schmerzlich, und wenn irgend etwas ihm Trost geben konnte, so war es der Gedanke, daß sein Sohn das Opfer seines Edelmuths geworden war. Der Anblick des Schiffes, der ihn zuerst mit so großer Freude erfüllt hatte, verursachte dem armen Vater Schmerz, und so kehrte er in sein verödetes Haus zurück.

Bald verbreitete sich die Trauerkunde in ganz Dünkirchen, und die zahlreichen Freunde des alten Seemanns fanden sich ein, um ihm ihr lebhaftes, herzlich gemeintes Beileid zu bezeugen. Sodann gaben die Matrosen von der Jeune-Hardie die genauesten Details über das Ereigniß, und Marie ließ sich von André Vasling die Aufopferung ihres Bräutigams mit allen Einzelheiten erzählen.

An dem folgenden Tage, als Johann Cornbutte seine Thränen getrocknet hatte, beschied er André Vasling in sein Zimmer und sprach:

»Sind Sie fest überzeugt, daß mein Sohn umgekommen ist, André?

– Leider ja, Herr! antwortete der Obersteuermann.

– Und haben Sie alle nur möglichen Anstrengungen gemacht, um ihn wieder aufzufinden?

– Gewiß! wie können Sie daran zweifeln, Herr Cornbutte! Es ist aber leider nur zu gewiß, daß er und seine beiden Matrosen vom Strudel des Maëlstroms verschlungen sind.

– Wollen Sie die Obersteuermannschaft bei meinem Schiffe noch ein Mal annehmen, André?

– Das würde davon abhängen, wer der Kapitän ist, Herr Cornbutte.

– Der werde ich sein, André; ich will mit möglichster Eile mein Schiff ausladen, meine Mannschaft zusammenbringen und in See stechen, um nach meinem Sohn zu suchen, erwiderte der alte Seemann.

– Ihr Sohn ist todt! bemerkte nachdrücklich André Vasling.

– Das ist möglich, André, versetzte Johann Cornbutte lebhaft; aber es ist auch eine Möglichkeit, daß er sich gerettet hat. Ich bin fest entschlossen alle Häfen Norwegens zu durchsuchen, in die er getrieben werden konnte, und erst wenn ich die Gewißheit erlangt habe, daß ein Wiedersehen mit ihm auf dieser Erde nicht mehr zu hoffen ist, will ich zurückkehren, um hier zu sterben.«

Als André sah, wie unumstößlich die Entscheidung des Seemanns war, drängte er nicht mehr und zog sich zurück.

Johann Cornbutte ließ alsbald seine Nichte wissen, welchen Entschluß er gefaßt hatte, und sah, wie ein Hoffnungsstrahl durch ihren Kummer brach. Das junge Mädchen war bis jetzt noch nicht darauf gekommen, daß der Tod ihres Bräutigams in Zweifel gezogen werden könnte, aber kaum hatte Cornbutte diesen Gedanken gegen sie ausgesprochen, als sie sich demselben rückhaltlos hingab.

Der alte Seemann beschloß, daß die Jeune-Hardie alsbald wieder auslaufen sollte. Die fest gebaute Brigg hatte sich mit keinen Ausbesserungsarbeiten aufzuhalten, und so machte Johann Cornbutte bekannt, daß die Mannschaft ganz dieselbe bleiben solle, wenn die Matrosen nichts dawider hätten, die Fahrt noch einmal mitzumachen; an die Stelle seines Sohnes als Commandeur des Schiffes gedenke er selbst zu treten.

Nicht ein Einziger von Ludwig Cornbutte's Begleitern zog sich bei diesem Aufruf zurück, und so fanden sich lauter muthige, erprobte Matrosen, wie Alain Turquiette, der Zimmermann Fidèle Misonne, der Bretagner Penellan als Untersteuermann und Vertreter Pierre Nouquet's, und außerdem Gradlin, Aupic, Gervique an Bord der Jeune-Hardie ein.

Johann Cornbutte schlug André Vasling noch ein Mal vor, seine Stelle an Bord wieder einzunehmen. Der Obersteuermann war ein geschickter, in der Führung eines Schiffes wohl erfahrener Mann, der seine Probe rühmlich bestanden hatte, indem er die Jeune-Hardie sicher in den Hafen zurück geleitete. André Vasling, machte indessen, aus welchen Gründen konnte man nicht errathen, allerlei Schwierigkeiten und erbat sich Bedenkzeit.

»Nun, wie Sie wollen, André, erwiderte ihm Cornbutte; aber vergessen Sie nicht, daß Sie uns willkommen sind.«

Johann Cornbutte hatte in dem Bretagner Penellan einen treu ergebenen Mann, der lange Jahre hindurch sein Reisegefährte gewesen war. Die »kleine Marie« hatte so manchen Winterabend auf den Knieen des Untersteuermanns gesessen, wenn er an Land gewesen war, und er hatte eine väterliche Freundschaft für sie bewahrt, während Marie mit kindlicher Liebe an ihm hing. Penellan beeilte die Ausrüstung der Brigg, so sehr es ihm möglich war, und um so mehr, als er zu glauben schien, daß André Vasling nicht die äußersten Anstrengungen gemacht habe, um die Schiffbrüchigen wieder aufzufinden; andererseits aber war dieser durch die Verantwortlichkeit, die auf ihm als Kapitän lag, wohl zu entschuldigen.

Noch waren nicht acht Tage verflossen, da war die Jeune-Hardie wieder in Bereitschaft, um von Neuem in See zu stechen. Anstatt mit Waaren, hatte man sie auf's Vollständigste mit gesalzenem Fleisch, Schiffszwieback, Mehlfässern, Kartoffeln, Schweinefleisch, Wein, Branntwein, Kaffee, Thee und Tabak verproviantirt.

Die Abreise wurde auf den 22. Mai anberaumt. Am Abend zuvor begab sich André Vasling, von dem Johann Cornbutte noch immer keinen definitiven Bescheid erhalten hatte, in die Wohnung des Alten. Er war noch immer unentschieden und mit sich uneins, welchen Entschluß er fassen solle.

Johann Cornbutte war nicht daheim, obgleich die Thüre zu seinem Hause offen stand, und so drang André Vasling bis in das gemeinsame Wohnzimmer vor, an das unmittelbar Mariens Stube grenzte. Das Wohnzimmer war, wie sich André sofort überzeugte, leer; aber von nebenan ertönte eine lebhafte Unterhaltung, und als er aufmerksam hinhorchte, erkannte er die Stimme des jungen Mädchens und Penellan's.

Ohne allen Zweifel hatte sich die Erörterung schon längere Zeit hingezogen, denn Marie schien den Bemerkungen des bretagnischen Seemannes eine unerschütterliche Festigkeit entgegenzusetzen.

»Wie alt ist Onkel Cornbutte? fragte Marie.

– So etwa sechzig Jahre, antwortete Penellan.

– Begiebt er sich nicht in große Gefahr, um seinen Sohn aufzusuchen?

– Unser Kapitän ist noch ein durch und durch kräftiger Mann, versetzte Penellan; sein Körper ist fest wie Eichenholz, und er hat Muskeln, so hart wie eine Reservestenge. Mir ist nicht davor bange, daß er jetzt wieder in See geht.

– Ach, mein guter Penellan, wenn man liebt, ist man stark, erwiderte Marie; was mich angeht, so habe ich mein ganzes Vertrauen auf Gott gesetzt; er wird uns beistehen!

– Es ist unmöglich, Marie! rief jetzt der Angeredete; wer kann wissen, wohin wir auf unserer Fahrt verschlagen werden, und was wir erdulden müssen! Wie oft habe ich erlebt, daß kräftige Männer ihr Leben in diesen Meeren lassen mußten!

– Penellan, ich kann nicht anders, sagte schließlich das junge Mädchen; es wird geschehen, ob Sie dagegen sind oder nicht. Wenn Sie aber in dieser Beziehung gar so sehr gegen mich ankämpfen, muß ich glauben, daß Sie mich nicht mehr lieb haben!«

André Vasling hatte nun begriffen, was Marie beabsichtigte. Er dachte noch einen Augenblick nach; dann war auch seine Entscheidung getroffen.

Er trat dem alten Seemann, der eben jetzt nach Hause kam, entgegen und sagte:

»Ich melde mich zu Ihrer Mannschaft, Johann Cornbutte; die Gründe, von denen ich bis jetzt zurückgehalten wurde, sind beseitigt, und so können Sie auf mich und meine Ergebenheit zählen.

– Ich habe niemals an Ihnen gezweifelt, André Vasling, erwiderte Cornbutte, indem er die Hand des Obersteuermanns ergriff. Marie! mein Kind!« rief er dann mit lauter Stimme.

Marie sowie auch Penellan erschienen sofort.

»Morgen mit Tagesanbruch werden wir mit eintretender Ebbe absegeln, sagte der alte Mann. Es ist dies also der letzte Abend, den wir mit einander verleben, mein liebes Kind!

– Ach, mein guter Onkel! rief Marie und schmiegte sich an Johann Cornbutte.

– Nun, Marie, mit Gottes Hilfe gedenke ich Dir Deinen Bräutigam zurück zu führen!

– Ja, wir werden den Kapitän Ludwig wiederfinden! fügte André Vasling zuversichtlich hinzu.

– So werden Sie mit uns in See gehen? fragte lebhaft Penellan.

– Ja, Penellan; André Vasling fährt als unser Obersteuermann mit, erwiderte statt seiner Johann Cornbutte.

– So! Ah so! meinte der Bretagner mit eigenthümlichem Blinzeln.

– Seine Rathschläge werden uns von großem Nutzen sein, hoffe ich, fügte Cornbutte hinzu; er ist kühn und sehr geschickt.

– Nun, Sie selbst sind uns Allen im Wissen und Können voraus, Herr Kapitän, entgegnete Vasling.

– Also auf morgen, meine Freunde! Geht jetzt an Bord und trefft die letzten Anordnungen. Auf Wiedersehen, André, auf Wiedersehen, Penellan.«

Obersteuermann und Matrose gingen mit einander fort, und Johann Cornbutte blieb mit Marie allein zurück. An diesem Abend floß noch manche Thräne bitteren Schmerzes, und Cornbutte, der seine Nichte so tief betrübt sah, faßte den Entschluß, das Haus am andern Morgen früh zu verlassen, ohne ihr etwas davon zu sagen, damit sie so über den Abschied hinaus käme. Er gab ihr noch am Abend den letzten Kuß und war um drei Uhr schon wieder auf den Beinen.

Zur Abfahrt der Jeune-Hardie waren alle Freunde des alten Seemanns auf dem Hafendamm versammelt; der Pfarrer, von dem Ludwig und Marie hatten getraut werden sollen, spendete dem Schiff einen letzten Segen, und manch rauher Händedruck wurde schweigend ausgetauscht, als Johann Cornbutte an Bord stieg.

Die Mannschaft war jetzt vollzählig; André Vasling gab die letzten Befehle zur Abfahrt; die Segel wurden aufgehißt, und die Brigg entfernte sich schnell mit einer guten Nordwestbrise, während der Pfarrer, hoch aufgerichtet unter den knieenden Zuschauern stehend, Gottes Schutz auf die Seefahrer herab flehte.

Wohin geht das Schiff? Es verfolgt die gefährliche Straße, auf der so viele Schiffbrüchige zu Grunde gegangen sind, und muß auf alle Gefahren gefaßt sein, der Herr allein weiß, wo ihm sein Landungsplatz winkt. Es fährt keinem bestimmten Ziel entgegen; möge es allen Unfällen kühn die Stirn bieten, möge Gott es geleiten!

Drittes Capitel.

Ein Hoffnungsstrahl.

Die Jahreszeit war zu der unternommenen Expedition günstig, und so durfte die Mannschaft sich der Hoffnung hingeben, die Stätte des Schiffbruchs bald zu erreichen.

Johann Cornbutte's Plan war der natürlichste und beste. Er gedachte bei den Faröer-Inseln anzulegen, wohin die Schiffbrüchigen leicht durch den Nordwind verschlagen sein konnten, und wenn er Gewißheit darüber bekam, daß sie in keinen Hafen dieser Breiten eingelaufen waren, wollte er seine Nachforschungen über die Nordsee hinaus ausdehnen und die ganze Westküste Norwegens bis nach Bodoë, dem Ort, der dem Schiffbruch am nächsten lag, und wenn nöthig, noch darüber hinaus durchsuchen.

André Vasling, war dieser Ansicht des Kapitäns entgegen; er meinte, daß die Küsten Islands erforscht werden müßten; aber Penellan hob hervor, daß der Sturm zur Zeit der Katastrophe aus Westen gekommen wäre; wenn die Verunglückten also nicht in den Strudel des Maëlstroms gerissen wurden, so mußten sie an die norwegische Küste geschleudert sein.

So wurde beschlossen, daß man möglichst nahe an diesem Küstenstrich hinsegeln wolle, um etwaige Spuren des Weges zu recognosciren.

Am Morgen nach der Abfahrt hatte Johann Cornbutte das Haupt über eine Karte gebeugt, auf der er eifrig seine Fahrt studirte, als sich ihm plötzlich eine kleine Hand auf die Schulter legte und er eine sanfte Stimme vernahm, die ihm zuflüsterte:

»Habe guten Muth, lieber Onkel!«

Er wandte sich um und konnte vor Erstaunen kein Wort hervor bringen; Marie stand neben ihm!

»Marie! Du hier an Bord! rief er endlich.

– Wenn der Vater sich einschifft, um sein Kind zu retten, darf wohl die Frau ihren Gatten aufsuchen! antwortete sie.

– Arme Marie! wie wirst Du unsere Strapazen aushalten? Weißt Du, daß Deine Gegenwart unseren Forschungen hinderlich werden kann?

– Nein, lieber Onkel, ich bin ja stark und kräftig!

– Wer weiß, mein Kind, wohin wir verschlagen werden? Sieh diese Karte an; wir nähern uns jetzt den Breiten, die selbst uns Seeleuten, die doch gegen alle Strapazen des Meeres abgehärtet sind, so gefährlich werden können. Und nun Du, ein schwaches Mädchen!

– Lieber Onkel, habe keine Sorge um mich; ich stamme aus einer Seemannsfamilie und bin bei Erzählungen von Stürmen und Gefahren groß geworden. Bin ich doch hier bei Dir und meinem alten Freunde Penellan!

– Penellan! also er ist's gewesen, der Dich an Bord geschmuggelt hat?

– Ja, Onkel; aber erst als er sah, daß ich entschlossen war, auch ohne seine Hilfe meinen Plan auszuführen.

– Penellan!« rief Johann Cornbutte.

Der Untersteuermann trat ein.

»Penellan, es wäre überflüssig jetzt, wo die Sachen so weit gediehen sind, noch weiter darüber zu sprechen; laß Dir aber so viel gesagt sein: Du hast für Mariens Leben einzustehen!

– Beruhigen Sie sich, Herr Kapitän; die Kleine hat Kraft und Muth; sie wird uns ein Schutzengel sein. Und dann – Herr Kapitän, Sie kennen meine Idee: Alles in dieser Welt muß uns zum Besten dienen.«

Für Marie wurde nun eine Kajüte gewählt, welche die Matrosen binnen Kurzem comfortabel für sie herrichteten.

Acht Tage später legte die Jeune-Hardie bei den Faröer-Inseln an. Aber auch die minutiösesten Nachforschungen blieben erfolglos; kein Schiffbrüchiger hatte sich hierher gerettet, keine Trümmer eines zerschellten Schiffes waren aufgelesen worden. Sogar die Nachricht von dem betreffenden Unfall war gänzlich unbekannt. So nahm die Brigg nach zehntägiger Rast am 10. Juni ihre Reise wieder auf. Der Zustand des Meeres war gut, die Winde fest, und das Schiff wurde schnell an die norwegische Küste getrieben, an der sich jedoch alle Forschungen gleichfalls als fruchtlos erwiesen.

Johann Cornbutte beschloß nun, sich nach Bodoë zu begeben. Dort konnte er vielleicht den Namen des gestrandeten Schiffes, dem Ludwig Cornbutte und seine beiden Matrosen zu Hilfe geeilt waren, erfahren.

Am 30. Juni warf die Brigg in diesem Hafen ihre Anker aus, und auf die Nachforschungen des alten Kapitäns wurde ihm von den Behörden eine Flasche ausgeliefert, die ein in folgenden Worten abgefaßtes Document enthielt:

»Heute, am 26. April, werden wir an Bord des ›Froöern‹, nachdem die Schaluppe der Jeune-Hardie an unserem Schiff angelegt hatte, von den Strömungen nach den Eismeeren gerissen! Gott sei uns gnädig!«

Die erste Bewegung Johann Cornbutte's war Dank gegen Gott. Er glaubte jetzt eine Spur von seinem Sohn gefunden zu haben. Der Froöern war ein norwegischer Schooner, von dem man zwar keine Nachricht weiter hatte, der jedoch augenscheinlich gen Norden gerissen war.

Man durfte keine Zeit verlieren; die Jeune-Hardie wurde alsbald in Stand gesetzt, um den Gefahren der Polarmeere trotzen zu können. Fidèle Misonne, der Zimmermann, untersuchte sie mit scrupulöser Sorgfalt und versicherte, daß ihr solider Bau gegen die Stöße der Eisschollen Widerstand leisten würde.

Auf den Rath Penellan's, der bereits auf Wallfischfang in den nördlichen Eismeeren gewesen war, wurden wollene Decken, Pelzkleider, zahlreiche Mocassins aus Robbenfell und das nothwendige Holz, um Schlitten anfertigen zu können, an Bord eingeschifft. Auch vergrößerte man die Vorräthe an Kohlen und Weingeist, denn es war immerhin möglich, daß man an irgend einem Punkt der grönländischen Küste überwintern mußte. Mit vieler Mühe und großen Kosten wurde auch eine bedeutende Quantität Citronen herbeigeschafft, die als Mittel gegen den Scorbut dienen, denn diese Krankheit pflegt in den Eisregionen die Mannschaften furchtbar zu decimiren. Mit den Vorräthen an gesalzenem Fleisch, an Zwieback und Branntwein, die in vorsorglicher Weise vermehrt worden waren, begann man, den Schiffsraum der Brigg anzufüllen, denn die Kombüse reichte nicht mehr dazu aus. Auch Pemmican, ein indisches Präparat, das viel nährende Bestandtheile in kleinem Volumen concentrirt, wurde in beträchtlicher Menge an Bord gebracht.

Auf die Befehle Johann Cornbutte's schiffte man auch Sägen ein, um nötigenfalls die Eisfelder durchschneiden zu können, wie auch Picken und Keile, um sie zu spalten. Die zum Ziehen an den Schlitten nothwendigen Hunde sollten von der grönländischen Küste mitgenommen werden.

Die ganze Mannschaft wurde zu diesen Vorbereitungen verwandt und entwickelte eine großartige Thätigkeit. Die Matrosen Aupic, Gervique und Gradlin folgten eifrig den Rathschlägen des Untersteuermanns Penellan, der sie veranlaßte, sich jetzt noch nicht an wollene Kleider zu gewöhnen, obgleich die Temperatur unter diesen über dem Polarkreise gelegenen Breiten schon sehr niedrig war.

Penellan beobachtete schweigend und ohne etwas davon merken zu lassen, die scheinbar geringfügigsten Handlungen André Vasling's. Ueber der Vergangenheit dieses Mannes, eines Holländers von Geburt, schwebte ein gewisses Dunkel; doch hatte er bereits zwei Fahrten an Bord der Jeune-Hardie mitgemacht und sich hierbei als ein tüchtiger Seemann erwiesen. Penellan konnte ihm nichts vorwerfen, wenn nicht etwa, daß er sich zu sehr um Marie bemühte; aber Penellan überwachte ihn auf's Schärfste.

Dank der Rührigkeit der Mannschaft konnte die Brigg bereits am 16. Juli, sechzehn Tage nach ihrer Ankunft in Bodoë, klar gemacht werden. Es war jetzt die günstigste Zeit, um in den arktischen Meeren Forschungen zu unternehmen, denn da es bereits seit zwei Monaten thaute, konnten die Untersuchungen bis in ziemlich weite Entfernung durchgeführt werden. Die Jeune-Hardie steuerte also auf das an der Ostküste von Grönland unter dem siebenzigsten Breitengrade gelegene Cap Brewster zu.

Viertes Capitel.

Im Fahrwasser.

Am 23. Juli kündigte ein eigenthümlicher Reflex, der sich über das Meer breitete, die ersten Eisbänke an, die aus der Davisstraße kamen und sich in den Ocean stürzten. Jetzt empfahl man den Wachen an, scharf aufzupassen, denn es war von Wichtigkeit, daß ein Zusammenstoß mit den enormen Massen vermieden wurde.

Die Mannschaft theilte sich in zwei Wachen; die erste bestand aus Fidèle Misonne, Gradlin und Gervique, die andere aus André Vasling, Aupic und Penellan. Jede Wache sollte nur zwei Stunden dauern, denn in den kalten Regionen kann man der Kraft eines Mannes nur halb so viel zumuthen, als unter gewöhnlichen Verhältnissen. Obgleich die Jeune-Hardie erst unter dem dreiundsechzigsten Breitengrade war, zeigte das Thermometer schon neun Grad Celsius unter Null.

Es regnete und schneite häufig, aber wenn der Himmel klar war und der Wind nicht zu heftig wehte, hielt Marie sich auf dem Verdeck auf, um die rauhen Scenen des Polarmeeres gewohnt zu werden.

Am 1. August ging sie plaudernd mit ihrem Onkel, André Vasling und Penellan auf dem Hintertheil der Brigg auf und ab. Die Jeune-Hardie trat nun in ein drei Meilen breites Fahrwasser, durch das ganze Züge zerbrochener Eisschollen schnell dem Süden zurollten.

»Wann werden wir wohl Land sehen? fragte das junge Mädchen.

– Spätestens in drei bis vier Tagen, antwortete Johann Cornbutte.

– Ob wir dort wohl neue Spuren von meinem armen Ludwig finden werden?

– Vielleicht, mein liebes Kind, ich fürchte jedoch sehr, daß wir von dem Ziel unserer Reise noch weit entfernt sind. Es ist leider sehr wahrscheinlich, daß der Froöern noch weiter nach Norden gerissen wurde.

– Das ist auf jeden Fall geschehen, meinte André Vasling; denn jener Sturm, der uns von dem norwegischen Schiffe trennte, hielt drei Tage an, und in drei Tagen legt ein Schiff große Strecken zurück, wenn es rettlos ist und dem Winde nicht widerstehen kann!

– Wollen Sie mir die Bemerkung gestatten, daß wir zu jener Zeit noch im Monat April waren, fiel hier Penellan ein; damals hatte das Thauen noch nicht begonnen, und so muß der Froöern sehr bald durch das Eis aufgehalten ...

– Und in tausend Stücke zerschellt sein! fiel ihm der Obersteuermann in's Wort; da nämlich seine Mannschaft unter diesen Umständen nicht manoeuvriren konnte.

– Die Eisflächen boten das einfachste Mittel, um bald an's Land zu kommen, von dem sie nicht fern sein konnte, entgegnete Penellan.

– Wir wollen es hoffen, unterbrach Johann Cornbutte diese Erörterung, die sich täglich zwischen dem Ober- und Untersteuermann wiederholte. Ich glaube, wir werden binnen Kurzem Land in Sicht bekommen.

– Dort ist es! Seht die Berge! rief Marie.

– Das sind Eisberge, mein Kind, erklärte Johann Cornbutte, die ersten, denen wir begegnen. Sie würden uns zermalmen wie Glas,wenn wir zwischen ihre Massen geriethen. Penellan und Vasling, habt Acht auf das Steuer.«

Die schwimmenden Berge, von denen etwa fünfzig am Horizont erschienen, näherten sich mehr und mehr der Brigg. Penellan ergriff das Steuerruder, und Johann Cornbutte, der auf die Stangen des kleinen Bramsegels gestiegen war, gab die Fahrstraße an.

Gegen Abend wurde die Brigg von den schwimmenden Klippen, deren zerschmetternde Kraft unwiderstehlich ist, ganz eingeschlossen. Es handelte sich nun darum, diese Flotte von Bergen zu durchbrechen, denn die Klugheit gebot, immer weiter zu segeln. Noch eine andere Schwierigkeit kam zu diesen Gefahren hinzu. Da alle Punkte der Umgebung sich fortwährend verrückten und keine feste Perspective boten, konnte man die Richtung des Schiffes nicht genau constatiren. Mit dem Nebel mehrte sich auch die Dunkelheit.

Marie begab sich in ihre Kajüte hinab, und die acht Personen der Schiffsmannschaft mußten, nach Befehl des Kapitäns, auf dem Verdeck bleiben. Sie hatten sich mit langen Stangen bewaffnet, an deren Enden eiserne Spitzen angebracht waren, um mit ihnen das Schiff vor den Stößen der Eisblöcke zu schützen.

Die Jeune-Hardie trat bald in ein so enges Fahrwasser, daß das äußerste Ende ihrer Raaen oft von den mit dem Strome treibenden Bergen gestreift wurde, und daß ihre Luvbäume eingezogen werden mußten. Man war sogar genöthigt, die große Raa zu brassen, so daß sie die Wanten berührte. Glücklicherweise büßte die Brigg durch diese Maßregel nichts von ihrer Schnelligkeit ein, denn der Wind konnte nur die oberen Segel fassen, und diese genügten, um sie schnell fort zu treiben. Dank dem zierlichen Bau ihres Rumpfes wand sie sich durch diese Thäler hindurch, während die Eisschollen mit unheilvollem Krachen an einander stießen und der Regen in wilden Wirbeln hernieder strömte.

Johann Cornbutte stieg wieder auf das Verdeck; sein Blick konnte die Finsterniß nicht durchdringen. Es wurde nun nothwendig, die oberen Segel einzuziehen; denn das Schiff drohte, mit den Eisblöcken zusammen zu stoßen, und wäre in diesem Fall verloren gewesen.

»Verdammte Reise! brummte André Vasling, der auf dem Vorderdeck neben den Matrosen stand, die mit ihren Stangen die drohendsten Stöße abwandten.

– Wenn wir glücklich dieser Gefahr entrinnen, müssen wir der heiligen Jungfrau der Eisschollen eine schöne Kerze weihen, meinte Aupic.

– Wer weiß, zwischen wie viel schwimmenden Bergen wir noch hindurch zu fahren haben? fügte der Obersteuermann hinzu.

– Und wer sagt uns, daß wir dahinter dann irgend etwas finden werden! meinte der Matrose.

– Sprich nicht so viel hin und her Du Schwätzer, sagte jetzt Gervique; achte lieber auf Deinen Bord. Wenn wir vorüber sind, ist noch immer Zeit genug zum Schelten! Paß auf Deine Stange!«

In diesem Augenblick glitt ein ungeheurer Eisblock in dem engen Fahrwasser rasch Bord gegen Bord mit dem Schiffe, und es schien fast unmöglich, ihm aus dem Wege zu gehen. Er versperrte die ganze Breite des Seegatts, und der Brigg war die Möglichkeit zu wenden total abgeschnitten.

»Kannst Du das Steuer drehen? fragte Johann Cornbutte den Untersteuermann.

– Nein, Herr Kapitän; das Schiff gehorcht nicht mehr dem Ruder!

– He Jungens! fürchtet Euch nicht, und stemmt Eure Stangen mit aller Macht gegen das Schanddeck!«

Der Block hatte eine Höhe von etwa sechzig Fuß; so wie er auf die Brigg stürzte, mußte sie zermalmt werden. Ein Augenblick unbeschreiblicher Angst folgte nun, und trotz der Befehle ihres Kapitäns verließ die Mannschaft ihren Posten, um auf das Hinterdeck zu eilen. Aber als die kolossale Eismasse nur noch eine halbe Kabellänge von der Jeune-Hardie entfernt war, hörte man ein dumpfes Geräusch, eine förmliche Wasserhose fiel zunächst auf das Vorderdeck des Schiffes nieder, und dieses wurde auf dem Rücken einer ungeheuren Woge empor gehoben.

Alle Matrosen schrieen laut auf vor Schreck, aber als sie nach dem Vorderdeck blickten, war der Block verschwunden, das Fahrwasser frei, und darüber hinaus sicherte eine weite, von den letzten Strahlen der Sonne beleuchtete Wasserfläche eine leichte Fahrt.

»Alles in dieser Welt muß uns zum Besten dienen! rief Penellan; ziehen wir unsere Mars- und Focksegel auf!«

Es hatte sich soeben ein in diesen Breiten sehr häufiges Phänomen ereignet. Wenn sich nämlich die schwimmenden Massen während des Thauens von einander ablösen, schwimmen sie in vollständigem Gleichgewicht. So wie sie aber in den Ocean gelangen, wo das Wasser verhältnißmäßig wärmer ist, werden sie alsbald in ihrer Basis unterminirt, der untere Theil schmilzt allmälig, und der Block wird durch die Stöße der übrigen Eisschollen immer mehr erschüttert. So kommt es, daß diese Massen plötzlich zusammenstürzen, sowie ihr Schwerpunkt verrückt wird. Wäre dies Mal der Zusammensturz des Eisberges nur zwei Minuten später erfolgt, so hätte die Brigg unter ihm begraben und von ihm zerschellt werden müssen.

Fünftes Capitel.

Die Insel Liverpool.

Die Brigg schwamm jetzt in fast vollständig freier See, nur zeigte sich am Horizont ein weißlicher Glanz und verkündete dort unbewegliche Eisflächen.

Johann Cornbutte steuerte fortwährend auf Cap Brewster zu und kam schon in Gegenden, die außerordentlich kalt sind, da die Sonnenstrahlen durch ihren sehr schrägen Fall nur äußerst schwach wirken.

Am 3. August befand sich die Brigg unbeweglichen Eisschollen gegenüber, die unter einander zusammenhingen. Das Fahrwasser war oft nur eine Kabellänge breit, und die Jeune-Hardie mußte tausend Umwege machen, durch die sie zuweilen dem Winde gerade entgegen gebracht wurde.

Penellan nahm sich mit väterlicher Sorge Mariens an; er veranlaßte sie, trotz der Kälte täglich zwei bis drei Stunden auf dem Verdeck zuzubringen, denn körperliche Bewegung war eine für ihre Gesundheit unumgängliche Bedingung.

Mariens Muth wurde übrigens nicht schwächer; sie ermunterte sogar die Matrosen der Brigg durch ihre Worte, und die Verehrung der Mannschaft für sie steigerte sich mehr und mehr. André Vasling bemühte sich mehr um sie als je zuvor und nahm jede Gelegenheit wahr, um mit ihr eine Unterhaltung anzuknüpfen; das junge Mädchen nahm jedoch seine Zuvorkommenheit mit einer gewissen unwillkürlichen Kälte auf, die vielleicht in einem ahnenden Gefühl ihren Grund hatte. Man kann sich leicht denken, daß die Zukunft weit mehr als die Gegenwart das Thema von André Vasling's Unterhaltungen war, und daß er kein Hehl daraus machte, wie wenig Hoffnung er für die Rettung der Schiffbrüchigen hege. Seiner Ansicht nach war ihr Untergang eine feststehende Thatsache, und er ließ oftmals durchblicken, daß Marie jetzt die Sorge für ihre Existenz in die Hände eines Andern legen dürfe.

Zum großen Verdruß André Vasling's hatte jedoch Marie seine Andeutungen noch nicht verstanden, wahrscheinlich, weil diese

Unterhaltungen immer nur sehr kurze Zeit währten. Penellan fand immer irgend einen Vorwand, um sie zu unterbrechen und die Wirkung der Reden André's durch Worte der Hoffnung null und nichtig zu machen.

Marie blieb übrigens nicht unbeschäftigt. Nach den Rathschlägen des Untersteuermanns sorgte sie für ihre Winterkleider und mußte, um der Temperatur in diesen kalten Breiten entgegen gehen zu können, ihre Toilette einer totalen Umgestaltung unterwerfen. Sie machte sich eine Art Pelz-Beinkleid, dessen untere Ränder mit Robbenfell versehen waren; ihre enge Unterkleidung reichte nur bis an die Unterschenkel, um nicht mit den Schneeschichten in Berührung zu kommen, mit denen der Winter die Eisflächen bedeckte, und ein eng anschließender, mit Capuchon versehener Pelzmantel schützte ihren Oberkörper. Auch die Männer fertigten sich in ihrer arbeitsfreien Zeit warme Kleidungsstücke, wie z. B. hohe Stiefel aus Robbenfell, die ihnen gestatten sollten, ungestraft auf ihren Forschungsreisen durch tiefen Schnee zu waten. So arbeiteten sie die ganze Zeit während ihrer Fahrt durch die enge Straße.

André Vasling war ein sehr geschickter Schütze und erlegte häufig Wasservögel, die in großen Massen um das Schiff schwärmten. Eine Art Eidergänse und Schneehühner lieferten der Mannschaft vorzügliches Fleisch, das als Abwechselung von dem Salzfleisch sehr willkommen war.

Endlich, nach tausend Umwegen, bekam die Brigg das Cap Brewster in Sicht. Eine Schaluppe wurde in's Meer gelassen, und Johann Cornbutte und Penellan fuhren nach der Küste, die gänzlich verödet war.

Alsbald steuerte die Brigg auf die im Jahre 1821 von dem Kapitän Scoresby entdeckte Insel Liverpool zu, und die Mannschaft konnte ein lautes Freudengeschrei nicht zurück halten, als sie die Eingeborenen auf der Küste daher eilen sah. Es wurde sofort ein Verkehr angebahnt, und da Penellan einige Worte ihrer Sprache kannte, und die Eingeborenen wiederum einige landläufige Redensarten der Schiffsmannschaft verstanden, die sie wahrscheinlich von Wallfischfängern gelernt hatten, war dies nicht mit gar zu großen Schwierigkeiten verknüpft.

Die Grönländer waren klein und untersetzt; ihr Wuchs überschritt nicht die Größe von vier Fuß zehn Zoll. Sie hatten röthlichen Teint, ein rundes Gesicht, niedrige Stirn, glatte schwarze Haare, die auf ihren Rücken herabfielen, und ihre Zähne waren verdorben und wie von einem Aussatz behaftet, was den ichthyophagischen Völkern eigenthümlich ist.

Um sich von der Schiffsmannschaft Kupfer- und Eisenstücke einzutauschen, worauf die armen Leute sehr begierig sind, brachten sie Bärenpelze, Felle von Seekälbern, Seehunden, Seewölfen und all solchen Thieren herbei, die man unter dem Namen »Robben« begreift. Johann Cornbutte bekam diese Gegenstände, die von so großem Nutzen für ihn werden sollten, zu außerordentlich niedrigem Preise.

Dann machte der Kapitän den Eingeborenen verständlich, daß er nach einem gestrandeten Schiff suche, und fragte, ob sie ihm keine Auskunft darüber geben könnten, worauf einer von ihnen sogleich eine Art Schiff auf den Schnee zeichnete und angab, daß ein Fahrzeug dieser Art bereits seit drei Monaten in nördlicher Richtung verschlagen sei; er fügte noch hinzu, daß das Aufthauen und der Bruch der Eisfelder sie verhindert hätten, demselben nachzuforschen, und es lag für Jeden auf der Hand, daß sie mit ihren leichten Pirogen, die sie mit der Pagaje lenkten, auf eine solche Unternehmung nicht ausgehen konnten.

Diese Nachricht, so unvollständig sie war, brachte doch Hoffnung in die Herzen der Matrosen zurück, und Johann Cornbutte scheute nun keine Mühe mehr, die Leute zu weiterem Vorschreiten nach dem Polarmeere hin zu bewegen.

Bevor der Kapitän die Insel Liverpool verließ, kaufte er ein Gespann von sechs Eskimohunden, die sich bald an Bord acclimatisirten. Das Schiff lichtete am Morgen des 10. August die Anker und segelte, von einer starken Brise getrieben, in das Fahrwasser des Nordens.

Man war jetzt an den längsten Tagen des Jahres angelangt, d. h. unter diesen hohen Breiten erreichte die niemals untergehende Sonne den höchsten Punkt der Spiralen, die sie über dem Horizont beschrieb. Diese gänzliche Abwesenheit der Nacht war jedoch nicht so merklich, denn schon hüllten Nebel, Regen und Schnee das Schiff zuweilen in Finsterniß.

Johann Cornbutte war entschlossen, so weit wie möglich vorzurücken, und begann, seine sanitätlichen Maßregeln danach zu treffen. Das Zwischendeck wurde vollkommen verschlossen und nur jeden Morgen dafür gesorgt, die Luft durch Ventilation zu erneuern. Die Oefen wurden eingerichtet, und die Rohre so angebracht, daß sie möglichst viel Wärme ausstrahlten. Man empfahl den Leuten von der Mannschaft, nur ein wollenes Hemd über ihrem Baumwollhemd zu tragen und die Röcke von Fellen möglichst hermetisch zu verschließen. Uebrigens durften jetzt die Feuer noch nicht angezündet werden, denn es kam darauf an, die Holz- und Kohlenvorräthe für die zu erwartende große Kälte aufzubewahren.

Unter die Matrosen wurde regelmäßig Morgens und Abends Kaffee und Thee vertheilt, und da es räthlich war, sich von Fleisch zu nähren, machte man häufig auf die in diesen Gegenden massenhaft vorhandenen Enten und Krickenten Jagd.

Oben auf dem großen Mast richtete Johann Cornbutte ein sogenanntes »Krähennest« ein, nämlich eine Tonne, deren einer Boden ausgeschlagen ist, und in der sich beständig eine Wache aufhält, um die Eisflächen zu beobachten.

Zwei Tage nachdem unsere Nordpolfahrer die Insel Liverpool aus dem Gesicht verloren hatten, wurde die Temperatur unter dem Einfluß des trockenen Windes plötzlich kälter, und auch andere Anzeichen des Winters machten sich bemerklich. Die Jeune-Hardie hatte jetzt nicht einen Augenblick Zeit zu verlieren, denn bald mußte die Straße sich vollständig verschließen. So rückte sie in einem Fahrwasser vor, das von beiden Seiten von dreißig Fuß dicken Eisfeldern begrenzt wurde.

Am 3. September Morgens langte die Jeune-Hardie endlich an der Bai von Gaël-Hamkes an. Das Land befand sich dreißig Meilen weit unter dem Winde. Das erste Mal hielt die Brigg vor einer Eisbank, die ihr keine Durchfahrt bot und mindestens eine Meile breit war; so mußten also die Sägen angewandt werden, um das Eis zu durchschneiden. Penellan, Aupic, Gradlin und Turquiette wurden mit der Leitung dieser Arbeit betraut, und die Richtung der Einschnitte so gewählt, daß der Strom die von der Bank abgesonderten Schollen forttragen konnte. Die ganze Mannschaft hatte beinahe zwanzig Stunden mit dieser Arbeit zu thun, die mit furchtbaren Schwierigkeiten verknüpft war. Bald waren die Männer gezwungen, bis an den Leib im Wasser zu stehen, und ihre Kleider von Robbenfell schützten sie nur unvollständig vor der Feuchtigkeit, bald glitten sie auf der glatten Eisfläche aus oder konnten sich nur mit Mühe halten.

Uebrigens folgt in diesen kalten Breiten bald absolute Mattigkeit auf jede größere Anstrengung; der Athem geht den Arbeitern leicht aus, und auch der Kräftigste muß oft inne halten.

Endlich wurde die Schifffahrt wieder frei, und die Brigg über die Bank, von der sie so lange zurückgehalten war, hinausbugsirt.

Sechstes Capitel.

Das Erbeben der Eisschollen.

Noch während mehrerer Tage kämpfte die Jeune-Hardie mit unübersteiglichen Hindernissen. Die Mannschaft mußte häufig die Säge zur Hand nehmen und oft sogar Pulver anwenden, um die enormen Eisblöcke zu sprengen, die dem Schiffe den Weg versperrten.

Am 12. September zeigte das Meer nur noch eine unabsehbare, solide Ebene ohne alles Fahrwasser, von der das Schiff überall umgeben war, so daß es weder vorrücken, noch zurückweichen konnte; die Temperatur hielt sich im Durchschnitt auf sechzehn Grad unter Null. So war denn die Zeit der Ueberwinterung herangekommen und mit ihr viel Leid und Gefahr.

Die Jeune-Hardie befand sich jetzt etwa unter dem einundzwanzigsten Grad westlicher Länge und dem sechsundsiebenzigsten Grad nördlicher Breite am Eingang der Bai von Gaël-Hamkes.

Johann Cornbutte traf seine Vorbereitungen für die Ueberwinterung; er suchte zunächst einen Schlupfhafen aufzufinden, der sein Schiff vor den Windstößen und den großen Eisbrüchen schützte. Diese Deckung konnte ihm nur von dem nach seiner Berechnung etwa zehn Meilen entfernten Lande werden und er beschloß daher auf eine Recognoscirung auszugehen. Demnach begab sich der Kapitän am 12. September in Begleitung André Vasling's, Penellan's und der beiden Matrosen Gradlin und Turquiette auf den Weg. Jeder von ihnen hatte sich für ungefähr zwei Tage mit Vorräthen versorgt; daß ihre Expedition sich über diese Zeit hinaus verlängern würde, war nicht wohl anzunehmen. Für die Nächte, die sie auswärts zubringen sollten, hatten sie sich mit Büffelfellen versehen, um damit ihr Lager herzustellen.

Der Schnee war in großen Massen gefallen und hinderte sie, da er nicht gefroren war, außerordentlich am Vorschreiten; oft sanken sie bis an die Hüften ein. Auch konnten sie sich nur mit großer Vorsicht weiter bewegen, da unzählige Spalten im Eise Gefahr drohten.

Penellan ging voran und sondirte sorgsam jede Senkung des Bodens mit einem langen, eisenbeschlagenen Stocke.

Gegen fünf Uhr Abends begann der Nebel sich zu verdichten, und die kleine Schaar mußte für heute ein weiteres Vordringen aufgeben. Penellan suchte eine Eismauer auf, die sie vor dem Winde schützte, und nachdem sich die Reisenden ein wenig restaurirt hatten, wobei sie sehr ein erwärmendes Getränk vermißten, breiteten sie ihre Büffelfelle auf den Schnee, hüllten sich hinein, näherten sich einander so dicht wie möglich und schliefen bald fest und ruhig ein. Als Johann Cornbutte und seine Gefährten am andern Morgen erwachten, waren sie unter einer Schneeschicht von mehr als einem Fuß Höhe begraben. Glücklicherweise hatten ihre wasserdichten Felle sie geschützt, und so hatte die winterliche Decke nur dazu beigetragen, ihnen ihre eigene Wärme zu erhalten, da diese unter solchen Umständen nicht nach Außen ausstrahlen konnte.

Johann Cornbutte gab alsbald das Zeichen zum Aufbruch, und endlich, gegen Mittag, bemerkten er und seine Gefährten zuerst in unbestimmten Umrissen und kaum erkennbar, dann aber deutlicher und deutlicher die Küste. Am Ufer zeigten sich hohe, perpendikulär emporragende Eisblöcke, und ihre vielgestaltigen Gipfel von verschiedenster Höhe führten die Wunder der Kristallisation in großem Maßstabe vor Augen. Myriaden von Wasservögeln flogen auf, als die Seeleute sich näherten, und die auf dem Eise ausgestreckten Robben zogen sich eilig zurück.

»Nun, meinte Penellan, an Pelzen und Wildpret werden wir keinen Mangel leiden!

– Es scheint fast, als wären wir nicht der erste menschliche Besuch, den diese Thiere erhalten, denn sonst würden sie nicht so scheu und ängstlich sein!

– Bis jetzt haben nur die Grönländer diese Landstriche betreten, versetzte André Vasling.

– Ich sehe keine Spur von ihnen oder von ihrem Durchzuge, bemerkte Penellan, der einen hohen Pic erklettert hatte; weder eine Lagerstätte, noch auch die kleinste Hütte! Aber kommen Sie doch hier herauf, Herr Kapitän, rief er dann laut; ich bemerke von hier eine Landspitze, die uns prächtig vor dem Nordostwind schirmen wird.

– Hierher, Jungens!« sprach Johann Cornbutte; seine Begleiter folgten ihm, und bald waren Alle an Penellan's Seite. Es war, wie Penellan gesagt hatte; eine ziemlich hohe Landspitze sprang wie ein Vorgebirge in das Land hinein und bildete, indem es sich wieder nach der Küste herumbog, eine Hecke von etwa einer Meile an Tiefe. Einige durch diese Spitze zertrümmerte bewegliche Eisschollen schwammen in der Bucht umher und legten Zeugniß dafür ab, daß das gegen die kältesten Winde geschützte Meer hier noch nicht ganz zugefroren war.

Der Platz war vorzüglich geeignet für eine Ueberwinterung; es blieb nur noch übrig, das Schiff dorthin zu geleiten. Bald aber bemerkte Johann Cornbutte, daß die angrenzende Eisebene von ungeheurer Stärke war, und daß es in Folge dessen sehr schwierig sein würde, einen Canal herzustellen, um die Brigg hierher zu bringen; man mußte sich also nach einem andern Schlupfhafen umschauen. Aber vergebens wandte sich Johann Cornbutte mehr nach Norden; die Küste war sonst überall gerade und abschüssig, und als man über die Spitze hinausging, fand es sich, daß sie direct den Stößen des Ostwindes ausgesetzt war. Dieser Umstand brachte den Kapitän um so mehr in Verlegenheit, als André Vasling darauf hinwies, wie schlecht die Lage der Oertlichkeit sei, und sich hierbei auf unumstößliche Gründe stützte. Selbst Penellan wurde es schwer, bei dieser Sachlage seinem Wahlspruch treu zu bleiben, »daß Alles in dieser Welt zum Besten dienen müsse«.

Die Brigg hatte also nur noch die Möglichkeit, einen Ort zur Ueberwinterung auf dem südlichen Theil der Küste zu suchen; es hieß dies so viel, als dahin zurückkehren, woher man gekommen war; aber man durfte nicht länger zögern. So schlug denn die kleine Schaar in eiligem Marsch den Rückweg nach dem Schiffe ein, denn ihre Lebensmittel begannen schon zu Ende zu gehen. Johann Cornbutte suchte eifrig auf der Straße nach einem Spalt oder irgend einem Fahrwasser, das da gestattete, einen Canal durch die Eisfläche zu graben; aber vergebens!

Gegen Abend langten die Seeleute an der Eismauer an, in deren Schutz sie während der vorigen Nacht gelagert hatten. Es hatte heute nicht geschneit, und sie konnten noch den Eindruck ihrer Körper in dem Eise erkennen. So streckten sie sich von Neuem auf ihre Büffelfelle aus und gaben sich der Ruhe hin.

Penellan schlief aus Verdruß über die verfehlte Forschungsreise ziemlich schlecht; er wälzte sich schlummerlos auf seinem harten Lager hin und her, als plötzlich ein dumpfes Rollen an sein Ohr klang. Er horchte auf, und der Ton erschien ihm so seltsam, daß er Johann Cornbutte weckte, indem er ihn mit dem Ellenbogen anstieß.

»Was geht vor? fragte dieser; er hatte nach seemännischer Gewohnheit seinen Geist ebenso schnell wachgerüttelt, wie seinen Körper.

– Hören Sie, Kapitän!« war die ganze Antwort des Untersteuermanns.

Das Geräusch nahm mit merklicher Heftigkeit zu.

»Donner kann es nicht sein; äußerte Johann Cornbutte, indem er sich erhob; das wäre unter so hohen Breiten unmöglich!

– Ich glaube eher, daß wir's mit einer Bande Eisbären zu thun bekommen! gab Penellan seine Meinung ab.

– Teufel! wir haben doch bis jetzt noch keine bemerkt.

– Früher oder später werden wir uns wohl auf ihren Besuch gefaßt machen müssen. Jedenfalls wollen wir sie gut aufnehmen.«

Penellan bewaffnete sich mit einer Flinte und überstieg sehr geschickt den Block, der ihnen als Schutzmauer diente. Da indessen die Dunkelheit außerordentlich groß und das Wetter bedeckt war, konnte er nichts wahrnehmen. Eine neue Beobachtung ließ ihn alsbald erkennen, daß er die Ursache des Rollens nicht in der Umgebung zu suchen habe. Jenes Geräusch war jetzt so heftig geworden, daß auch die anderen Gefährten davon erwacht waren, und man bemerkte mit Schrecken, daß es unter ihren Füßen hervordrang.

Eine neue, furchtbare Gefahr that sich vor ihnen auf, denn dem rollenden Lärm gesellte sich bald eine deutlich wahrnehmbare, wellenförmige Bewegung des Eisfeldes zu, so daß mehrere Matrosen das Gleichgewicht verloren und fielen.

»Achtung! rief Penellan.

– Holla! antworteten die Matrosen.

– Turquiette! Gradlin! Wo seid Ihr?

– Hier! schrie Turquiette und schüttelte den Schnee von sich ab.

– Hierher, Vasling, rief Johann Cornbutte dem Obersteuermann zu. Ist Gradlin da?

– Ja, Herr Kapitän!... aber wir sind verloren! antwortete dieser.

– Im Gegentheil, wir sind vielleicht gerettet!« rief Penellan. Er hatte kaum diese Worte vollendet, als ein furchtbares Krachen sich vernehmen ließ; die Eisfläche barst mitten durch, und die Seeleute waren genöthigt, sich an den Block zu klammern, der neben ihnen hin- und herschwankte. Trotz der Behauptung des Untersteuermanns befanden sie sich in äußerster Gefahr; die Eisschollen waren in ihren Grundfesten erschüttert; sie hatten, um den seemännischen Ausdruck dafür zu gebrauchen, »die Anker gelichtet«. Die schwankende Bewegung dauerte beinahe zwei Minuten, und die Unglücklichen fürchteten jeden Augenblick, daß sich ein Spalt unter ihnen aufthäte und sie verschlänge. So erwarteten sie in großer Angst den Anbruch des Tages, denn bis dahin konnten sie bei Lebensgefahr nicht wagen, einen Schritt zu thun, und mußten ausgestreckt liegen bleiben, um ihren Untergang zu vermeiden.

Beim ersten Tagesleuchten bot ihnen die Gegend ein völlig verändertes Bild; sie hatten am Abend vorher nur eine ungeheure, ebene Fläche gesehen, so weit ihr Auge reichte; jetzt war sie an tausend Stellen zerrissen, und die durch irgendwelche unterseeische Bewegung aufgewühlten Fluthen hatten sie zerschmettert und zerbrochen.

Johann Cornbutte dachte mit tiefer Bewegung an seine Brigg.

»Mein armes Schiff! es ist jedenfalls verloren!« rief er aus.

Die tiefste Verzweiflung malte sich auf den Zügen seiner Begleiter; zog ja der Untergang des Schiffes unvermeidlich ihren Tod nach sich!

»Muth, Freunde! rief Penellan; denkt daran, daß uns durch das Ereigniß dieser Nacht vielleicht ein Weg durch die Eisflächen gebahnt ist, auf dem wir die Brigg in die Ueberwinterungsbai führen können! Seht dorthin, ich habe mich nicht geirrt; schon jetzt ist uns die Jeune-Hardie um mindestens eine Meile näher gerückt!«

Alle stürzten nach der bezeichneten Richtung zu, und zwar so unvorsichtig, daß Turquiette in einen Spalt gerieth und unfehlbar seinen Untergang gefunden haben würde, hätte ihn nicht Johann Cornbutte noch zu rechter Zeit an den Kleidern ergriffen und hervorgezogen. So kam er für dies Mal mit einem kalten Bade davon.

Die Brigg schwamm wirklich zwei Meilen näher vor dem Winde, und als die kleine Schaar nach endlosen Mühen bei ihr anlangte, fand man sie zwar in gutem Stande, aber ihr Steuerruder war von den Eisschollen zerbrochen. Man hatte versäumt, es emporzuheben.

Siebentes Capitel.

Vorkehrungen für die Überwinterung.

Penellan hatte wieder ein Mal Recht gehabt: Alles in dieser Welt muß uns zum Besten dienen, und die Eiserschütterung hatte dem Schiff eine Fahrstraße bis zur Bai geschaffen. Die Seeleute brauchten nur noch die Strömungen geschickt zu benutzen, um die Eisschollen so zu steuern, daß sie sich ihren Weg selber bahnten.

Am 19. September warf die Brigg endlich, zwei Kabellängen vom Lande ab, in ihrer Ueberwinterungsbucht die Anker aus; und schon am folgenden Tage hatte sich bis dicht an ihren Rumpf Eis gelegt, das bald stark genug wurde, um einen Mann zu tragen. So konnte directe Communication mit dem Lande hergestellt werden.

Nach dem Brauch der arktischen Seefahrer wurde an dem Takelwerk keine Veränderung vorgenommen; die Segel lagen sorgsam zusammengewickelt und von ihren Futteralen umhüllt auf den Raaen, und das Krähennest ließ man bestehen, um von dort aus das Land beobachten und betreffenden Falls leichter bemerkt werden zu können.

Jetzt schon hob sich die Sonne kaum über den Horizont. Seit der Junisonnenwende hatten sich die von ihr beschriebenen Spiralen mehr und mehr gesenkt, und bald mußten sie ganz verschwinden.

Die Mannschaft beeilte sich, ihre Vorkehrungen zu treffen, und Penellan spielte hierbei die Rolle des erfahrenen Anordners. Bald war die Eisfläche um das Schiff so stark geworden, daß ihr Druck gefährlich zu werden drohte, aber Penellan wartete noch, denn seiner Meinung nach mußte sie erst zwanzig Fuß an Dicke erlangen, ehe er weiter operiren konnte. Dann erst ließ er das Eis schrägkantig um den Schiffsrumpf aushauen, so daß es sich unter demselben wieder schloß und seine Gestalt annahm. Die Brigg war nun in ein Bett eingekeilt und hatte den Druck der Eismassen nicht mehr zu fürchten, denn diese konnten keine Bewegung mehr gegen das Schiff machen.

Nun errichteten die Seeleute längs der Barkhölzer und bis zur Höhe der Verschanzungen eine Schneemauer von fünf bis sechs

Fuß Dicke, die alsbald hart wurde wie ein Felsen; durch diese Hülle konnte die innere Wärme nicht nach außen strahlen. Ein hermetisch verschlossenes und mit Fellen bedecktes Leinwandzelt wurde über die ganze Länge des Verdecks gespannt und bildete für die Mannschaft gewissermaßen einen Spazierplatz.

Auch erbaute man auf dem Lande von Schnee ein Magazin, in das alle Gegenstände aus dem Schiff geschafft wurden, die man vorläufig nicht gebrauchte, und die unnöthig den Raum fortnahmen. Die Zwischenwände der Kajüten verschwanden, und es entstand je auf dem Vorder- und Hinterdeck ein geräumiges Zimmer, das erstens weit leichter zu erheizen war, als die verschiedenen kleinen Räume, weil Eis und Feuchtigkeit nicht in so viel verschiedene Winkel und Ecken eindringen konnten; auch ließ sich die Ventilation besser bewerkstelligen, indem Luftschläuche, die nach außen gingen, emporgezogen wurden.

Bei diesen verschiedenen Vorbereitungen wurde eine außerordentliche Rührigkeit entfaltet, so daß sie am 25. September vollkommen beendet waren. André Vasling hatte sich nicht am wenigsten geschickt hierbei gezeigt; ganz besonders entfaltete er großen Eifer, wenn es sich um Bequemlichkeiten für das junge Mädchen handelte, und wenn Marie, die ganz in dem Gedanken an ihren armen Ludwig lebte, hiervon nichts merkte, so sah Johann Cornbutte bald um so klarer in der Sache.

Der Kapitän fühlte sich hierdurch veranlaßt, den Gegenstand mit Penellan zu besprechen; auch erinnerte er sich jetzt an verschiedene Umstände, die über die Absichten des Obersteuermanns keinen Zweifel ließen. André Vasling liebte Marie und gedachte Johann Cornbutte um ihre Hand zu bitten, sobald der Tod des Schiffbrüchigen als feststehend zu betrachten war. Sodann, nach der Rückkehr, hätte André Vasling nichts dagegen gehabt, ein hübsches, liebenswürdiges Mädchen, die einzige Erbin ihres reichen Onkels, heimzuführen.

Oft nun fehlte es dem Obersteuermann in seiner Ungeduld, das Ziel seiner Wünsche zu erreichen, an dem notwendigen Tact. Er hatte zu verschiedenen Malen erklärt, daß die zur Auffindung der Verunglückten unternommenen Nachforschungen gänzlich unnöthig seien, und oft entschlüpfte ihm ein Wort, das diese seine Ansicht in noch helleres Licht stellte und natürlich von Penellan in genügender Weise hervorgehoben und registrirt wurde. André Vasling verfehlte wiederum nicht, den Untersteuermann mit seinem aufrichtigsten Haß zu beehren, welches Gefühl Penellan in vollem Maße erwiderte. Er fürchtete nur, daß es André Vasling gelingen könnte, Uneinigkeit in die Mannschaft zu bringen, und veranlaßte deshalb Johann Cornbutte, dem Obersteuermann in gewissen Fällen ausweichend zu antworten.

Als die Einrichtungen zur Ueberwinterung beendet waren, traf der Kapitän allerlei Anordnungen für die Gesundheit seiner Mannschaft. Die Leute mußten an jedem Morgen eine gründliche Lüftung in ihrem Logis vornehmen und die Wände von Tannenholz sorgfältig abtrocknen, um sie von der Feuchtigkeit, die sich während der Nacht angesetzt hatte, zu reinigen. Sie erhielten Morgens und Abends Kaffee oder heißen Thee, was ja anerkanntermaßen eins der besten Mittel gegen die Kälte ist. Auch wurden sie in Abtheilungen gesondert, von denen täglich eine auszog, um frisches Fleisch zur gewöhnlichen Schiffskost herbeizuschaffen.

Außerdem war den Matrosen anbefohlen, sich regelmäßig körperliche Bewegung zu machen und sich nicht regungslos der kalten Luft auszusetzen; es hätte sonst leicht kommen können, daß ihnen plötzlich Körpertheile erfroren. Wenn ja ein solcher Fall eintreten sollte, waren sie angewiesen, sofort Reibungen mit Schnee vorzunehmen, die allein sich hilfreich erwiesen.

Penellan drang lebhaft darauf, daß sich die Leute allmorgendlich kalten Abwaschungen unterzogen, was allerdings einen gewissen moralischen Muth erforderte; es wollte Manchem schwer einleuchten, daß er seinen äußeren Menschen in Schnee tauchen sollte, den er doch innerlich mit aller Mühe zum Thauen gebracht hatte. Aber Penellan ging tapfer mit gutem Beispiel voran, und Marie war nicht die am mindesten Eifrige bei der Befolgung seiner Anordnungen.

Johann Cornbutte vergaß auch nicht, fromme Lectüre und Gebet in den Tageslauf mit zu verflechten, denn nur hierdurch konnte der Verzweiflung und Sorge in den Herzen der Leute der Eingang versperrt und somit der größten Gefahr in diesen Breiten vorgebeugt werden.

Der stets düstere Himmel erregte natürlich eine gedrückte Stimmung, und ein dichter, von heftigen Winden gepeitschter Schnee vermehrte noch die gewohnten Schauer der Umgebung. Die Sonne sollte bald ganz verschwinden, aber die armen Seefahrer hofften, daß der Mond sie ihnen wenigstens in geringem Maße während der langen Polarnacht ersetzen würde, wenn die Wolken über ihrem Haupt sich verzogen hätten. Bei den jetzt herrschenden Westwinden fiel fortwährend Schnee, so daß die Zugänge zum Schiff täglich neu gekehrt und die Stufen, auf denen man in die Ebene hinabstieg, wieder gangbar gemacht werden mußten. Mit den Schneemassen konnte dies leicht geschehen, denn nachdem die Stufen einmal ausgehauen waren, brauchte man nur ein wenig Wasser oben darauf zu gießen, und sie verhärteten sich sofort.

Penellan ließ in geringer Entfernung von dem Schiff ein Loch in das Eis hacken, und täglich durchbrach man die Kruste, die sich an seiner obern Mündung von Neuem gebildet hatte, um das Wasser aus der Tiefe heraufzuholen, wo es bedeutend wärmer war, als auf der Oberfläche.

All diese Vorkehrungen dauerten etwa drei Wochen, und nachdem sie beendet waren, faßte man den Entschluß, die Nachforschungen weiter zu verfolgen. Das Schiff war auf sechs bis sieben Monate eingekerkert, und erst durch das nächste Thauen konnte ihm eine Bahn durch die Eisflächen eröffnet werden. Die Zeit dieser gezwungenen Unbeweglichkeit sollte zu Nachforschungen in nördlicher Richtung benutzt werden.

Achtes Capitel.

Pläne zu Forschungsreisen.

Am 9. October hielt Johann Cornbutte einen Rath ab, um den Plan für seine Operationen zu entwerfen, und ließ all seine Leute hieran Theil nehmen, damit der Eifer eines Jeden durch die Solidarität der Interessen gehoben würde. Der Kapitän suchte ihnen, mit der Karte in der Hand, die gegenwärtige Situation klar zu machen.

Die Ostküste Grönlands zieht sich in senkrechter Richtung gen Norden, und die Entdeckungen der Seefahrer haben ihre Grenze genau bestimmt. In diesem Raum von fünfhundert (französischen) Meilen, der Grönland von Spitzbergen trennt, war noch kein Land recognoscirt worden. Nur ein einziges Stück Land, die Insel Shannon, befand sich etwa hundert Meilen weit im Norden der Bai von Gaël-Hamkes, in welcher die Jeune-Hardie überwintern sollte.

Wenn also das norwegische Schiff, wie die Wahrscheinlichkeit lehrte, in dieser Richtung fortgerissen war, so durfte man annehmen, daß es die Insel Shannon nicht hatte erreichen können, und die Schiffbrüchigen hier eine Zuflucht für den Winter gesucht hatten.

Trotz der Opposition André Vasling's drang diese Ansicht durch, und es wurde beschlossen, als Ziel für die erste Forschungsreise die Insel Shannon anzunehmen.

Die Vorbereitungen wurden sofort getroffen; man hatte sich auf der norwegischen Küste einen nach Eskimo-Art gefertigten Schlitten verschafft, der aus vorn und hinten zurückgebogenen Brettern construirt war und über Schnee und Eis hinweggleiten konnte. Er maß zwölf Fuß an Länge, vier Fuß in der Breite und konnte im Nothfall Vorräthe für mehrere Wochen bergen. Fidèle Misonne setzte ihn alsbald in Stand und arbeitete im Schneemagazin daran, denn dorthin waren seine Werkzeuge geschafft worden. Man stellte einen Ofen, der zu Kohlenheizung eingerichtet war, in diesem Raume auf, denn ohne Erwärmung wäre jede Arbeit darin unmöglich gewesen, und das Ofenrohr wurde durch eine der Seitenwände geleitet, wozu ein Loch in den Schnee gebohrt werden mußte. Allerdings zeigte sich bei dieser Vorkehrung sehr bald der Uebelstand, daß der Schnee in unmittelbarer Nähe des Ofenrohrs schmolz und so eine Oeffnung entstand. Aber Johann Cornbutte wußte ihn bald dadurch zu entfernen, daß er die Röhre mit einer Metallplatte umgab und so die Ueberleitung wenn nicht verhinderte, so doch sehr abschwächte.

Während Misonne am Schlitten arbeitete, richtete Penellan mit Mariens Hilfe Reservekleider für die Reise her. Stiefel aus Robbenfell waren glücklicher Weise in großer Zahl vorhanden. Johann Cornbutte und André Vasling trugen für die Vorräthe Sorge. Sie wählten ein kleines Faß Spiritus, mit dem man ein transportables Kochöfchen zu heizen gedachte; Thee und Kaffee wurden in genügender Quantität mitgenommen, und eine Kiste mit Schiffszwieback, zweihundert Pfund Pemmican und einige Flaschen Branntwein vervollständigten den Proviant. Die Jagd sollte den Reisenden Tag für Tag frische Vorräthe liefern, zu welchem Behuf eine Quantität Pulver, die in mehrere Säcke vertheilt war, mitgenommen wurde. Der Compaß, der Sextant und das Fernrohr wurden gleichfalls, sorgfältig verpackt, den Reise-Utensilien beigefügt.

Am 11. October erschien die Sonne nicht wieder am Horizont, und in den Wohnräumen der Mannschaft mußten unausgesetzt die Lampen brennen. Es war höchste Zeit, die Entdeckungsreise anzutreten, denn schon im Monat Januar wäre sie unmöglich geworden, weil dann die Kälte so groß war, daß man ohne Lebensgefahr den Fuß nicht vor die Thüre setzen durfte. Gelang es bis dahin nicht, die Verunglückten zu erspähen, so mußte alle Hoffnung auf ihre Rettung schwinden. Die Mannschaft der Jeune-Hardie sah voraus, daß sie mindestens zwei Monate lang zu strengem Casernement verurtheilt sein würde, und wenn dann das Eis wieder zu thauen begann, waren vollends alle Nachforschungen vergeblich, denn wenn Ludwig Cornbutte und seine Gefährten jetzt noch lebten, so konnten sie doch der Strenge eines arktischen Winters ohne weitere Hilfe unmöglich Stand halten.

André Vasling wußte das besser, als alle Andern, und war fest entschlossen, der Expedition alle nur denkbaren Hindernisse in den Weg zu legen.

Am 20. October hatte man alle Vorbereitungen beendet, und es handelte sich nur noch darum, wer von der Mannschaft an dem Marsch theilnehmen sollte. Marie konnte der Obhut ihres Onkels oder Penellan's nicht entbehren, und doch waren gerade diese Beiden bei der Expedition unumgänglich nothwendig.

So kam man zu der Frage, ob nicht das junge Mädchen die Strapazen der Reise mitmachen könne; hatte sie ja bis jetzt alle Prüfungen muthig, und ohne sehr darunter zu leiden, überwunden! Als Tochter eines Seemannes war sie ohnedies an die Gefahren des Meeres gewöhnt und schrak nicht vor den Schauern einer solchen Reise zurück. Auch Penellan glaubte, daß Marie, so wie die Dinge standen, am Besten thäte, sich der Reise anzuschließen.

Endlich war es entschieden – sie sollte die Expedition begleiten. Für den Nothfall reservirte man ihr einen Platz im Schlitten, auf dem eine gut verschlossene hölzerne Hütte angebracht war. Was das junge Mädchen anbetraf, so fügte sie sich dieser Bestimmung mit Freuden, denn so brauchte sie sich doch nicht von ihren Beschützern zu trennen.

An der Expedition betheiligten sich: Marie, Johann Cornbutte, Penellan, André Vasling, Aupic und Fidèle Misonne; Alain Turquiette aber wurde mit der Ueberwachung der Brigg betraut, und ihm hierzu Gervique und Gradlin zum Beistand gegeben.

Johann Cornbutte nahm bedeutende Proviantvorräthe mit, denn er hatte die Absicht, an seinem Wege Depots anzulegen, um die Reise so weit wie möglich ausdehnen zu können. Sobald der Schlitten fertig war, wurde er beladen und mit einem Zelt von Büffelfellen bedeckt. Das ganze Fahrzeug hatte jetzt ein Gewicht von etwa siebenhundert Pfund und ließ sich von fünf Hunden leicht auf dem Eise fort schaffen.

Am 22. October fand, wie der Kapitän voraus gesehen hatte, eine plötzliche Veränderung in der Temperatur statt. Der Himmel klärte sich auf, die Sterne strahlten in köstlichem Glanz, und der Mond leuchtete am Firmament, um vierzehn Tage lang nicht wieder zu verschwinden. Das Thermometer war auf fünfundzwanzig Grad unter Null gefallen.

Der Aufbruch war auf den folgenden Tag festgesetzt.

Neuntes Capitel.

Das Schneehaus.

Am 23. October um elf Uhr Morgens setzte sich bei schönem Mondschein die Karawane in Bewegung, und alle Vorsichtsmaßregeln waren dahin getroffen, daß sich die Reise, wenn es sein mußte, auf lange Zeit ausdehnen konnte. Johann Cornbutte gedachte der Küste in nördlicher Richtung zu folgen. Die Schritte der Reisenden ließen keine Spur auf ihren Wegen zurück, und Johann Cornbutte mußte sich mittels in der Ferne gewählter Merkzeichen orientiren; bald schritt er auf einen in Pics auslaufenden Hügel zu, bald auf eine ungeheure Eisscholle, die der Druck empor gerichtet hatte.

Bei dem ersten Halt, den die kleine Schaar nach etwa fünfzehn Meilen machte, traf Penellan die Vorbereitungen zu einem Lagerplatz, indem er das Zelt an einen Eisblock lehnte. Marie litt nicht sehr von der Kälte, denn da die Brise sich glücklicherweise gelegt hatte, war die Temperatur weit milder geworden, aber mehrmals hatte sie den Schlitten verlassen müssen und war nebenher geschritten, um zu verhindern, daß die Circulation des Blutes in Stockung gerieth. Uebrigens bot ihre kleine Hütte, die Penellan auf's Sorgfältigste hergerichtet hatte, so viel Bequemlichkeit, wie unter solchen Umständen nur irgend möglich.

Als die Nacht oder vielmehr der Augenblick der Ruhe heran kam, wurde das Schlittenhäuschen unter das Zelt gebracht und diente dem jungen Mädchen zum Schlafzimmer. Die Abendmahlzeit der Gesellschaft bestand aus frischem Fleisch, Pemmican und heißem Thee. Auch ließ Johann Cornbutte, um der furchtbaren Scorbutkrankheit entgegen zu wirken, an jeden Mann einige Tropfen Citronensaft vertheilen.

Nach achtstündigem Schlummer nahmen die Reisenden ihren Weg wieder auf, jedoch nicht, bevor sich Menschen und Hunde durch ein substantielles Mahl gestärkt hatten. Die Thiere zogen den Schlitten mit solcher Leichtigkeit auf dem spiegelglatten Eise fort, daß die Seeleute ihnen kaum folgen konnten.

Leider zeigte sich bei Mehreren der Leute ein Uebel, das von dem Reflex des Mondscheins auf die unermeßlichen weißen Flächen herrührte, und das wir mit dem Namen »Blendung« bezeichnen dürfen. Es zeigte sich in einem unerträglichen Brennen und Schmerzen. Ganz besonders litten Aupic und der Zimmermann Misonne darunter, bei denen förmliche Ophthalmien auftraten.

Auch bemerkte man eine sehr eigenthümliche Wirkung der Strahlenbrechung, wenn man nämlich den Fuß auf eine Erhöhung zu setzen meinte, glitt er tiefer hinab, wodurch mancher Fall verursacht wurde. Zum Glück jedoch verletzte sich Niemand ernstlich, und so boten diese kleinen Unfälle Penellan nur Stoff zu heiteren Scherzen. Trotzdem jedoch befahl er den Leuten, keinen Schritt zu thun, ohne vorher den Boden mit dem eisenbeschlagenen Stabe, den Jeder mit sich trug, zu untersuchen.

Am 11. November, also zehn Tage nach dem Aufbruch von der Jeune-Hardie, war die Karawane etwa fünfzig Meilen nach Norden vorgeschritten, und die Ermüdung schon bei sämmtlichen Reisenden außerordentlich groß. Johann Cornbutte empfand schreckliche Blendungen, und sein Gesicht hatte sich in Folge dieser Qualen sehr geschwächt. Aupic und Fidèle Misonne gingen nur noch tastend weiter, und ihre Augen schienen von dem weißen Reflex wie versengt; nur Marie war bis jetzt von diesem Leiden verschont geblieben, da sie möglichst viel in ihrer Hütte blieb, und Penellan wurde von seinem wirklich heldenmäßigen Muth aufrecht erhalten; er leistete Widerstand gegen die furchtbarste Ermüdung. Wer sich jedoch von der ganzen Reisegesellschaft am Besten befand und Kälte, Schmerzen und Blendung nicht zu fühlen schien, war André Vasling; seine eiserne Constitution bot allen diesen Strapazen Trotz. Er nahm mit Freuden wahr, wie auch über die Stärksten Entmuthigung kam, und sah bereits den Augenblick herannahen, in dem der Rückweg angetreten werden mußte.

Am 1. November endlich war die Erschöpfung so groß geworden, daß eine mehrtägige Ruhe unumgänglich nothwendig erschien.

Sobald man einen Lagerplatz erwählt hatte, wurde über die Einrichtung desselben berathen und der Entschluß gefaßt, ein Schneehaus zu bauen, das sich an eins der Vorgebirge lehnen sollte. Fidèle Misonne steckte sofort die Entfernungen des Fundaments, fünfzehn Fuß Länge auf fünf Fuß Breite, ab, und er, Penellan und Aupic schnitten große Eisblöcke, die an den bezeichneten Ort gebracht und aufgerichtet wurden. Da das Material in Menge vorhanden war, brauchte nicht damit gegeizt zu werden, und bald erhob sich die Rückseite in einer Höhe von fünf Fuß und eben derselben Breite. Nach ungefähr acht Stunden waren sämmtliche vier Mauern vollendet, und an der Südseite befand sich eine Thüröffnung, welche mit einem Ende der Zeltleinwand verhangen war, die als Plafond über das ganze Gebäude hinweg ging.

Es handelte sich jetzt nur noch darum, das Dach des ephemeren Baues zu bilden, und auch dies war nach dreistündiger, angestrengter Arbeit geschehen; Jeder zog sich erschöpft in das Schneehaus zurück. Johann Curnbutte war so leidend, daß er keinen Schritt thun konnte, und André Vasling wußte sich die Entmuthigung und den Schmerz des alten Seemanns so gut zu Nutze zu machen, daß er ihm das Versprechen abrang, er wolle seine Forschungen in diesen schauerlichen Einöden nicht weiter fortsetzen.

Penellan befand sich in einer verzweifelten Stimmung; er fand es empörend und feige, das Suchen nach den Gefährten schon jetzt, auf nichtige Muthmaßungen hin, aufzugeben, aber seine Vorstellungen blieben erfolglos. So war denn die Rückkehr beschlossen.

Der ganzen Schaar that jedoch Ruhe und Erholung nach den namenlosen Anstrengungen der letzten Tage so nöthig, daß man vorläufig noch nicht daran dachte, Vorbereitungen zur Rückreise zu machen.

Am vierten Tage endlich war Johann Cornbutte so weit hergestellt, daß er einen Platz an der Küste bestimmen konnte, wo die jetzt für die Reise überflüssig gewordenen Lebensmittel vergraben werden sollten; für den unwahrscheinlichen Fall, daß die Forschungen der Mannschaft sich noch einmal nach dieser Richtung erstreckten, wurde die Stelle durch ein leicht kenntliches Merkmal bezeichnet. An jedem Marschtage hatte der Kapitän ähnliche Depots auf seinem Wege hinterlassen, denn dies sicherte ihm Lebensmittel für die Rückkehr, ohne daß sie auf dem Schlitten weiter befördert werden brauchten.

Die Abreise wurde auf den 5. November um zehn Uhr Morgens festgesetzt, und eine tiefe Traurigkeit hatte sich der ganzen Schaar bemächtigt. Als Marie sah, wie entmuthigt und verzweiflungsvoll ihr Onkel war, konnte sie ihre Thränen nicht zurück halten. Wie furchtbare vergebliche Leiden! wie unendlich viel verlorene Arbeit! Was Penellan anbetraf, so war er in einer ganz abscheulichen Laune; er fluchte und schalt auf alle Welt und versäumte keine Gelegenheit, seinen Gefährten ihre Schwäche und Feigheit vorzuhalten; er stellte ihnen Marie als Vorbild hin; sie wäre bis an's Ende der Welt gegangen, ohne eine Klage laut werden zu lassen.

André Vasling verhehlte seine Freude darüber, daß die Rückkehr schon jetzt stattfinden sollte, durchaus nicht; er bemühte sich mehr wie je um das junge Mädchen und suchte sie sogar mit der Hoffnung zu trösten, daß man die Nachforschungen, wenn der Winter vergangen, wieder aufnehmen könnte, obgleich ihm sehr wohl bewußt war, daß dann Alles zu spät sei.

Zehntes Capitel

Lebendig begraben

Als die Reisegesellschaft am Abend vor der Rückkehr damit beschäftigt war, das Abendessen vorzubereiten, und Penellan eben einige Kisten als Feuerungsmaterial zusammen hieb, um sie in den Ofen zu stecken, füllte sich das Schneehaus plötzlich mit dichtem Rauch, und ein furchtbares Erdbeben erschütterte das Gebäude und seine Bewohner.

Aber überall herrschte tiefe Dunkelheit, und nur ein entsetzlicher Sturm toste; dabei fiel der Schnee in dichten Wirbeln hernieder, und die Kälte war so groß, daß der Untersteuermann fühlte, wie ihm schnell beide Hände erfroren. Nachdem er sie tüchtig mit Schnee gerieben hatte, trat er eilig wieder in die Hütte.

»Ein fürchterlicher Sturm! rief er; gebe der Himmel, daß unser Haus Stand hält, sonst sind wir verloren!«

Zu derselben Zeit, wo die Windsbraut über das Land wegfegte, entstand auch ein donnerndes Geräusch unter dem eisesstarren Boden. Die an der Spitze des Vorgebirges zerbrochenen Eisschollen stießen krachend zusammen und stürzten über einander, der Wind wehte so gewaltig, daß es schien, als würde das ganze Haus von der Stelle gerückt, und ein unter diesen Breiten unerklärliches, phosphorescirendes Leuchten durchzuckte die schneegefüllte Luft.

»Marie, Marie! rief Penellan und hielt das junge Mädchen an beiden Händen.

– Es steht schlimm um uns! bemerkte Fidèle Misonne.

– Gott allein weiß, ob wir davon kommen werden, versetzte Aupic.

– Jedenfalls müssen wir dieses Schneehaus verlassen! rief André Vasling.

– Das ist unmöglich, es friert zu furchtbar! entgegnete Penellan. Hier im Hause werden wir der Kälte vielleicht Stand halten können.

– Gebt mir das Thermometer«, sagte André Vasling.

Aupic reichte ihm das Instrument; es zeigte trotz des Feuers in der Hütte zehn Grad unter Null. Der Obersteuermann hob die Leinwand vor der Thüröffnung empor und streckte die Hand mit dem Thermometer hinaus; aber ehe er noch eine Beobachtung constatiren konnte, wehte ihm der Wind einen solchen Hagel von scharfen Eisstücken entgegen, daß das Instrument seiner Hand entglitt und niederfiel.

»Nun, Herr Vasling, fragte Penellan; wollen Sie noch hinaus gehen? ... Sie sehen wohl, daß hier im Hause der beste Zufluchtsort für uns ist.

– Ja, und wir müssen alle nur denkbaren Anstrengungen machen, um das Gehäude innerlich zu stützen, fügte Johann Cornbutte hinzu.

– Der Wind zerbricht das Eis unter uns, wie er die Eisschollen am Vorgebirge zerbrochen hat, und wir werden entweder fortgerissen oder versenkt.

– Das scheint mir unmöglich, entgegnete Penellan, denn die Kälte ist so stark, daß alles Flüssige sofort gefriert. Laßt uns sehen, wie viel Grad Kälte wir haben.«

Er hob die Leinwand ein wenig, so daß er den Arm durchstecken konnte, und es gelang ihm nach einiger Mühe, das Thermometer im Schnee zu finden. Als er das Instrument der Lampe näherte, sah er, daß es zweiunddreißig Grad unter Null wies; die stärkste Kälte, die man bis jetzt gehabt hatte.

»Noch zehn Grad, und das Quecksilber würde gefrieren!« fügte André Vasling hinzu. Ein düsteres Schweigen folgte dieser Betrachtung.

Gegen acht Uhr Morgens versuchte Penellan nochmals auszugehen, um sich ein Urtheil über die Situation zu verschaffen. Uebrigens mußte auch dem Rauch, den der Wind immer wieder in die Hütte zurück trieb, ein Ausweg gebahnt werden. Der Seemann hüllte sich deshalb so eng wie möglich in seine Kleider ein, befestigte den Capuchon seines Mantels mit dem Taschentuch auf dem Kopf und hob die Zeltleinwand empor.

Die Oeffnung war vollständig durch Schnee versperrt. Penellan nahm nun seinen eisenbeschlagenen Stab und versuchte die compacte Masse zu durchbohren und fort zu bringen; aber sein Blut erstarrte vor Schreck, als er wahrnahm, daß auch das äußerste Ende des langen Stockes nicht durchdrang, sondern auf einen harten Körper stieß.

»Cornbutte, wir sind unter dem Schnee begraben! rief er entsetzt dem Kapitän zu.

– Was sagst Du? fragte dieser erschreckt.

– Der Schnee liegt über und um uns; er ist gefroren, und so sind wir lebendig begraben!

– Wir wollen versuchen, die Schneemassen zurück zu stoßen«, schlug der Kapitän vor.

Die beiden Freunde stemmten sich mit aller Macht gegen die weiße Mauer vor der Thüröffnung, aber sie wich nicht um eine Linie. Der Schnee war zu einer Eismasse von mehr als fünf Fuß Dicke geworden und mit dem Hause vollständig in eins verschmolzen.

Johann Cornbutte konnte einen Schrei des Entsetzens nicht unterdrücken, so daß Misonne und André Vasling dadurch erweckt wurden und erschreckt aufsprangen. Ein Fluch drang zwischen den Zähnen des Obersteuermanns hervor, und seine Züge verzerrten sich wild, als er erfuhr, was sich zugetragen hatte.

In diesem Augenblick war der Rauch im Inneren des Häuschens so arg wie nie zuvor; er schien keinen Ausweg finden zu können.

»Verdammt! rief Misonne; das Ofenrohr ist durch den Schnee verstopft!«

Penellan nahm abermals seinen Stab zur Hand und legte den Ofen auseinander, nachdem er die Feuerbrände durch Schnee gelöscht hatte; durch diese letztere Operation wurde jedoch ein so furchtbarer Rauch hervor gebracht, daß man kaum den Schimmer der Lampe erkennen konnte. Penellan suchte sodann mit seinem Stock die Stelle frei zu machen, an der die Mündung des Ofenrohrs auslief; aber umsonst, überall stieß er auf Felsen von Eis.

Die Armen hatten nur noch ein gräßliches Ende zu erwarten, dem ein fürchterlicher Todeskampf voraus gehen mußte. Der Rauch drang den Unglücklichen in die Kehle und verursachte ihnen einen so heftigen Schmerz, daß sie kaum mehr Luft schöpfen konnten.

Auch Marie erhob sich nun, und ihre Gegenwart, die Johann Cornbutte zur Verzweiflung brachte, gab Penellan neuen Muth. Der Untersteuermann sagte sich, daß dies arme Kind nicht zu einem so schauerlichen Tode bestimmt sein könne.

»Warum habt Ihr so starkes Feuer gemacht, begann das junge Mädchen; das Zimmer ist ganz dunkel von Rauch!

– Ja ... ja ..., antwortete zögernd der Untersteuermann.

– Man merkt es sogleich, fuhr Marie fort; es ist hier so warm, wie seit langer Zeit nicht.«

Niemand konnte sich entschließen, ihr die furchtbare Wahrheit mitzutheilen.

»Bitte, Marie, hilf uns das Frühstück bereiten, hub plötzlich Penellan an. Zum Ausgehen wird es heute wohl zu kalt sein, aber hier ist der Kochofen, Spiritus und Kaffee.

– Heda, Ihr Anderen! gebt einmal etwas Pemmican her, da uns nun doch das abscheuliche Wetter von der Jagd zurück hält.«

Diese Worte brachten wieder etwas Leben in seine Gefährten.

»Zuerst wollen wir gemeinsam essen, fügte Penellan hinzu; dann ist noch immer Zeit, um zu überlegen, wie wir hier fortkommen.«

Der Untersteuermann ging mit gutem Beispiel voran; er verzehrte seine Portion; auch seine Gefährten ahmten ihm nach, indem sie eine Tasse heißen Kaffees tranken, der sie wieder mit neuem Muth beseelte. Sodann bestimmte Johann Cornbutte sehr energisch, daß sofort Mittel zur Rettung versucht werden sollten.

»Wenn der Sturm noch fortdauert, wie das sehr wahrscheinlich ist, müssen wir mindestens zehn Fuß unter dem Schnee vergraben sein, reflectirte jetzt André Vasling; man hört hier nicht das leiseste Geräusch!«

Penellan sah mit einem unbeschreiblichen Blick auf Marien; sie hatte sofort ihre Lage begriffen, aber kein Beben, keine Furcht war in ihren lieblichen Zügen zu bemerken.

Der Untersteuermann ließ nun zunächst die Spitze seines eisenbeschlagenen Stockes an der Spiritusflamme rothglühend werden und steckte sie nach einander in alle vier Wände, ohne jedoch irgendwo einen Ausweg zu finden. Johann Cornbutte schlug nun vor, daß ein Weg von der Thüröffnung aus gegraben werden sollte; aber das Eis war so hart, daß die Schneidewerkzeuge nur schwer eindringen konnten. Die herausgeschlagenen Stücke verengten bald sehr unangenehm den inneren Raum, und doch war nach dreistündiger harter Arbeit der ausgehöhlte Gang noch nicht drei Fuß lang.

Es mußte folglich auf ein rascheres Mittel gesonnen werden, durch welches das Haus weniger erschüttert wurde, denn je weiter man vordrang, desto härter zeigte sich das Eis, und man mußte die größten Anstrengungen machen, um es zu durchbrechen. Penellan kam auf den Gedanken, das Eis in der erwähnten Richtung mit der Spiritusflamme zu schmelzen. Es war dies, da sie nur eine kleine Quantität Spiritus mitgenommen hatten, sehr gefährlich, denn wenn ihre Einkerkerung sich verlängern sollte, mußte ihnen der Spiritus ausgehen, und sie konnten sich keine warmen Mahlzeiten und Getränke mehr bereiten. Trotzdem aber erhielt dieser Plan allseitige Zustimmung und wurde alsbald in Ausführung gebracht. Man grub zuerst ein Loch von drei Fuß Tiefe mit einem Fuß im Durchmesser, um das Wasser von dem Schmelzen des Eises darin zu sammeln, und man brauchte sich diese Vorsichtsmaßregel nicht gereuen zu lassen, denn das Wasser begann sehr bald unter der Einwirkung des Feuers herab zu sickern.

Die Oeffnung wurde allmälig größer, aber lange durfte die Arbeit nicht fortgesetzt werden, denn das Wasser durchdrang die Kleider der Leute, und schon nach einer Viertelstunde mußte Penellan die Flamme zurück ziehen, um sich selbst zu trocknen. Misonne nahm nun seine Stelle ein und bewies nicht weniger Muth, so daß der Gang nach Ablauf von zwei Stunden fünf Fuß Tiefe hatte.

Trotzdem konnte der Eisenstab noch immer keinen Ausweg finden.

»Es kann unmöglich so stark geschneit haben, sagte Johann Cornbutte; jedenfalls sind die Massen durch den Orkan zusammen getrieben. Wäre es nicht gerathener, den Durchbruch an einer andern Stelle zu versuchen?

– Ich weiß nicht, antwortete Penellan; ich denke, wir fahren in der eingeschlagenen Weise fort, wäre es auch nur, um unsere Gefährten nicht zu entmuthigen. Früher oder später müssen wir auf einen Ausgang treffen!

– Wird uns der Spiritus nicht ausgehen? fragte Johann Cornbutte.

– Ich hoffe, nein, erwiderte der Untersteuermann; freilich nur unter der Bedingung, daß wir auf Kaffee und heiße Getränke verzichten. Uebrigens beunruhigt mich dieser Umstand nicht am Meisten.

– Was noch sonst, Penellan?

– Das Oel in unserer Lampe ist bald zu Ende, sie wird demnächst erlöschen; und auch unsere Lebensmittel reichen nicht mehr weit. Es bleibt uns kein anderer Trost, als: wir sind in Gottes Hand!«

Hierauf wandte sich Penellan wieder nach der Thüröffnung, um die Stelle André Vasling's einzunehmen, der gleichfalls energisch an der gemeinsamen Befreiung mit arbeitete.

»Ich will Sie jetzt ablösen, Herr Vasling, sagte er, aber achten Sie unterdessen genau auf jede drohende Senkung, damit wir zeitig Vorkehrungen dagegen treffen.«

Die Zeit der Ruhe war gekommen, und als Penellan den Gang noch um einen Fuß verlängert hatte, hörte auch er mit der Arbeit auf und streckte sich neben seine Gefährten nieder.

Elftes Capitel.

Eine Rauchwolke.

Als die Seeleute andern Morgens erwachten, war Alles um sie her dunkel; die Lampe war ausgegangen. Johann Cornbutte weckte nun Penellan und bat ihn um Feuer, worauf dieser sich schnell erhob, um den Ofen anzuzünden, dabei aber heftig gegen die Decke stieß. Er erschrak furchtbar, denn noch am Abend zuvor hatte er aufrecht stehen können. Als das Feuer im Ofen brannte, sah der Untersteuermann beim unbestimmten Schimmer der Spiritusflamme, daß die Decke um einen Fuß tiefer gesunken war.

Penellan machte sich mit Ueberanstrengung seiner Kräfte von Neuem an die Arbeit. Marie hatte den Untersteuermann beobachtet, und als sie jetzt den Ausdruck tiefer Verzweiflung und angespanntester Willenskraft auf seinen rauhen Zügen las, kam sie auf ihn zu, ergriff seine beiden Hände und drückte sie zärtlich. Penellan fühlte, wie ihn der Muth wieder belebte.

»Gott wird sie so nicht sterben lassen!« rief es in ihm.

Er kroch in die enge Oeffnung, stieß mit kräftiger Hand den Eisenstab hinein und – fühlte keinen Widerstand. War er bis an die weichen Schneeschichten gelangt? Er zog seinen Stock zurück, und ein Lichtstrahl drang in das Eishaus.

»Hilfe, Hilfe! Freunde!« rief er.

Und mit Händen und Füßen stieß er den Schnee zurück. Aber die äußere Hülle war nicht aufgethaut, wie er geglaubt hatte; mit dem Lichtstrahl kam eine heftige Kälte in's Zimmer und ließ alle feuchten Theile sofort starr und steif frieren. Er vergrößerte nun mit seinem Messer die Oeffnung und konnte endlich wieder frische Luft athmen. Er sank auf seine Kniee, um Gott für die Rettung aus dieser Gefahr zu danken, und bald schlossen sich ihm das junge Mädchen und seine übrigen Reisegefährten an.

Prächtiger Mondschein erhellte ringsum die Gegend, aber es war so kalt, daß die Seeleute die Temperatur nicht ertragen konnten und alsbald wieder in das Haus zurückkehrten. Penellan jedoch blickte sich vorher um und suchte vergebens das Vorgebirge; die Hütte befand sich inmitten einer unermeßlichen Eisebene. Er wollte nun seine Schritte nach dem Schlitten mit den Proviant-Vorräthen lenken, aber auch dieser war verschwunden.

Die Kälte zwang ihn nun einzutreten, doch theilte er den Begleitern noch nichts von seinen Beobachtungen mit. Jeder beschäftigte sich nun damit, die Kleider an der Spiritusflamme zu trocknen. Als man das Thermometer einige Augenblicke der Luft ausgesetzt hatte, zeigte es dreißig Grad unter Null.

Nach einer Stunde beschlossen André Vasling und Penellan, der Kälte zu trotzen und sich hinaus zu begeben. Sie hüllten sich so fest wie möglich in ihre feuchten Kleider ein und traten durch den Gang, dessen Wände bereits wieder felsenfest gefroren waren, in's Freie.

»Wir sind in nordöstlicher Richtung fortgerissen, begann Andre Vasling und suchte sich nach den Sternen, die in außerordentlichem Glanze leuchteten, zu orientiren.

– Daran wäre nichts Schlimmes, erwiderte Penellan, wenn uns nur der Schlitten begleitet hätte!

– Wie, der Schlitten ist nicht mehr da? rief Andre Vasling; dann sind wir unrettbar verloren!

– Lassen Sie uns suchen«, schlug Penellan vor. Beide gingen um die Hütte herum, die einen Eisblock von mindestens fünfzehn Fuß Höhe bildete. Während der Dauer des Sturmes war eine ungeheure Menge Schnee gefallen, und der Wind hatte ihn an der einzigen erhöhten Stelle der Ebene zusammengeweht. Das Eishaus war vom Orkan fünfundzwanzig Meilen weiter nach Nordosten geschleudert, und die Gefangenen hatten das Loos ihres gleitenden Kerkers getheilt. Der von einer anderen Eisscholle getragene Schlitten mußte wohl in anderer Richtung fortgeweht sein, denn man bemerkte keine Spur von ihm; die Hunde waren jedenfalls dem furchtbaren Wetter erlegen.

André Vasling und Penellan fühlten, wie Verzweiflung sich ihrer bemächtigte. Sie wagten nicht wieder in das Schneehaus zurück zu kehren, aus Furcht, den Begleitern diese verhängnißvolle Botschaft überbringen zu müssen. Beide erkletterten, um Ausschau zu halten, den Eisblock, der die Hütte enthielt, aber sie bemerkten nichts, als nach allen Seiten hin unendliche weiße Strecken. Die Kälte hatte ihre Glieder bereits wieder gelähmt, und die Feuchtigkeit in ihren Kleidern war in eisige Zacken verwandelt, die um sie herum hingen. Eben als Penellan von dem Hügel herabsteigen wollte, warf er einen Blick auf André Vasling und sah, wie dieser starr nach einem bestimmten Fleck ausschaute, zusammenfuhr und erbleichte.

»Was ist Ihnen, Herr Vasling? fragte er.

– O, nichts! antwortete Dieser; wir wollen jetzt hinabsteigen und so schnell wie möglich aus diesen Breiten fliehen, die wir nie betreten hätten, wenn man meinem Rath gefolgt wäre.«

Aber statt zu thun, wie der Obersteuermann vorschlug, stieg Penellan noch einmal, und höher wie zuvor hinauf, um genau nach dem Orte auszuspähen, der die Aufmerksamkeit des Obersteuermanns in so auffallender Weise erregt hatte. Und gleich darauf brachte dieser Ausblick bei ihm eine total andere Wirkung hervor als bei seinem Gefährten; er schrie laut auf vor Freude und rief:

»Gott sei gedankt und gepriesen!«

In nordöstlicher Richtung stieg ein leichter Rauch auf, dort mußten also menschliche Wesen leben und athmen! Auf den Freudenruf Penellan's waren auch die anderen Seeleute herbei geeilt, und Alle überzeugten sich, daß die Behauptung des Untersteuermanns richtig war.

Ohne noch des Mangels an Lebensmitteln zu gedenken oder sich durch die strenge Kälte zurückhalten zu lassen, rückte nun die ganze Gesellschaft, fest in ihre Mäntel gehüllt, nach Nordosten vor.

Ihr Ziel war etwa fünf bis sechs Meilen entfernt, und die Schwierigkeiten, es zu erreichen, erwiesen sich als sehr bedeutend. Der Rauch erhob sich nicht mehr in die Lüfte, und keine Bodenerhebung konnte den Wandernden als Merkzeichen dienen, denn die Eisfläche bildete eine vollständige Ebene. Es kam darauf an, nicht von der geraden Linie abzuweichen.

»Nach entfernten Gegenständen können wir uns nicht richten, begann Johann Cornbutte; so müssen wir andere Hilfsmittel suchen: Penellan geht voran, Vasling folgt ihm auf etwa zwanzig Schritte, und ich gehe wieder ebenso weit hinter diesem her. Auf diese Weise werden wir beurtheilen können, ob Penellan in gerader Linie bleibt.«

Der Marsch hatte so eine halbe Stunde gewährt, da stand Penellan plötzlich horchend still. Die Seeleute umringten ihn.

»Habt Ihr Nichts gehört? fragte er.

– Nein, nicht das Geringste.

– Sonderbar! meinte Penellan; es kam mir vor, als ob ich von dieser Seite her Geschrei vernähme.

– Geschrei? fiel das junge Mädchen ein; danach wären wir unserm Ziel ganz nahe!

– Wir haben noch keinen Grund, das anzunehmen, entgegnete André Vasling; in diesen hohen Breiten und bei so strenger Kälte trägt der Schall außerordentlich weit.

– Nun, wie dem auch sein mag, mahnte Johann Cornbutte, laßt uns weiter gehen, denn sonst erfrieren wir.

– Nicht doch! rief Penellan! hört doch!«

Einige schwache, kaum vernehmliche Laute wurden hörbar. Es klang herüber wie Angst- und Schmerzensrufe. Zwei Mal wiederholte sich der Ton; man hätte glauben können, es riefe Jemand um Hilfe. Dann wieder tiefes Schweigen rings umher.

»Ich habe mich nicht geirrt, weiter!« sprach Penellan.

Und er begann in der Richtung, aus der die Rufe kamen, vorwärts zu laufen.

Als er ungefähr zwei Meilen zurückgelegt hatte, fand er zu seinem größten Erstaunen einen Mann auf dem Eise liegen, und als Penellan sich näherte, rang er verzweiflungsvoll die Hände.

André Vasling war ihm mit den anderen Matrosen auf dem Fuße gefolgt; er eilte jetzt gleichfalls herbei und rief:

»Es ist einer der Schiffbrüchigen! unser Matrose Cortrois!

– Er ist todt – erfroren!« klagte Penellan.

Auch Johann Cornbutte und Marie traten jetzt zu der Leiche, die schon starr vor Frost war. Auf allen Gesichtern malte sich Entsetzen. Der Todte war ein Begleiter Ludwig Cornbutte's gewesen.

»Vorwärts!« rief Penellan.

Und wieder waren sie, ohne ein Wort zu sprechen, eine halbe Stunde gelaufen, als sie eine Bodenerhebung bemerkten, die unbedingt Land sein mußte.

»Das ist die Insel Shannon«, sprach Johann Cornbutte.

Etwa eine Meile weiter bemerkten sie deutlich Rauch, der aus einer mit hölzerner Thüre verschlossenen Schneehütte hervorkam. Sie riefen, um sich bemerklich zu machen, und sofort stürzten einige Männer aus der Hütte ihnen entgegen. In einem derselben erkannte Penellan Pierre Nouquet.

»Pierre!« rief er.

Doch sein ehemaliger Kamerad stand wie stumpfsinnig, und als ob er nichts von Allem, was um ihn her vorging, bemerke. André Vasling aber konnte ein teuflisches Lachen nicht verbergen; er sah unter den Bewohnern der Hütte, die nach und nach hervorgekommen waren, nicht Ludwig Cornbutte.

»Pierre, ich bin's! Dein Freund Penellan! rief dieser.

Der Matrose kam jetzt zu sich und fiel seinem alten Kameraden fast ohnmächtig vor Freude um den Hals.

»Mein Sohn! mein Ludwig!« schrie jammernd, in tiefster Verzweiflung der arme alte Kapitän.

Zwölftes Capitel.

Rückkehr nach dem Schiffe.

In diesem Augenblick öffnete ein zum Tode kranker und abgezehrter Mann die Thüre des Häuschens und schleppte sich mühsam auf dem Eise weiter.

Es war Ludwig Cornbutte.

»Mein Sohn!

– Mein Geliebter!«

Diese beiden Rufe ertönten zu gleicher Zeit, dann sank Ludwig Cornbutte besinnungslos vor Aufregung und Freude seinem Vater in die Arme. Man trug ihn in die Hütte, und nach vielen Bemühungen kam er wieder in's Leben zurück.

»Mein Vater! Marie! rief Ludwig Cornbutte. So sehe ich Euch noch ein Mal wieder, bevor ich sterbe!

– Du wirst nicht sterben! sprach Penellan; Deine Freunde sind gekommen, um Dich zu retten.«

André Vasling mußte einen grimmen Haß gegen den jungen Kapitän hegen; er konnte sich nicht entschließen, ihm die Hand zu reichen.

Pierre Nouquet wußte sich vor Freude nicht zu lassen, er umarmte Einen nach dem Andern, und dann warf er so viel Holz in den Ofen, daß bald eine behagliche Temperatur in der Hütte herrschte.

Hier befanden sich noch zwei Menschen, die weder Johann Cornbutte noch Penellan bekannt waren, nämlich Jocki und Henning, die beiden einzigen norwegischen Matrosen von der Mannschaft des Froöern, die noch übrig geblieben waren.

»Meine Freunde! mein Vater! Marie! wir sind also gerettet! sagte Ludwig Cornbutte tief bewegt. Wie vielen Gefahren habt Ihr Euch unsertwegen ausgesetzt!

– Wir bereuen es nicht, mein lieber Sohn, sprach Johann Cornbutte; Deine Brigg, die Jeune-Hardie, liegt solid im Eise, sechzig Meilen von hier vor Anker, und wir Alle wollen uns dorthin begeben.

– Wie wird sich Cortrois freuen, wenn er wiederkommt«, begann nach einer kleinen Pause Pierre Nouquet.

Auf diese Worte folgte ein trübes Schweigen, und dann theilte Penellan den Freunden mit, wie er den armen Matrosen gefunden hatte.

»Ich glaube, daß wir am Besten thun, hier so lange zu warten, bis die Kälte abnimmt; vorausgesetzt nämlich, daß Ihr mit Lebensmitteln und Holz, versehen seid? schlug Penellan vor.

– Darum keine Sorge! außer unsern Vorräthen können wir auch noch verbrennen, was vom Froöern übrig ist!«

Der Froöern war vierzig Meilen von der Stelle, wo Ludwig Cornbutte seinen Ueberwinterungsplatz eingerichtet hatte, von den Eisschollen, die beim Thauen in Bewegung geriethen, zertrümmert, und die armen Seeleute wurden mit einem Theil der Schiffsüberreste, aus denen sie später ihre Hütte erbauten, auf das südliche Ufer der Insel Shannon getrieben.

Der Schiffbrüchigen waren damals fünf an der Zahl, nämlich Ludwig Cornbutte, Cortrois, Pierre Nouquet, Jocki und Herming. Die übrige Mannschaft des Norwegers war bei dem Schiffbruch untergegangen.

Sobald Ludwig Cornbutte sah, daß die Eisfelder, auf die er geschleudert war, sich wieder um ihn her schlossen, traf er alle Vorkehrungen, um den Winter in diesen Breiten der furchtbarsten Kälte zubringen zu können. Er war ein sehr energischer und außerordentlich muthiger Mann, aber trotz seines festen Charakters und seiner kräftigen Konstitution hatte er dem entsetzlichen Klima fast erliegen müssen und sah einem nahen Tode entgegen, als sein Vater ihn wiederfand. Er mußte übrigens nicht nur gegen die Elemente, sondern auch gegen die Böswilligkeit der norwegischen Matrosen ankämpfen, obgleich Letztere ihm doch ihr Leben verdankten. Sie waren so wild und uncultivirt, daß auch die natürlichsten Gefühle bei ihnen keine Stätte fanden. So wie daher Ludwig Cornbutte Gelegenheit fand, unter vier Angen mit Penellan zu sprechen, warnte er ihn vor den beiden Norwegern und rieth ihm, ein wachsames Auge auf sie zu haben. Penellan dagegen theilte Ludwig mit, welch zweideutiges Benehmen sich Vasling seit Cornbutte's Verschwinden hatte zu Schulden kommen lassen, und wies auf seine Bemühungen um Marien's Hand hin. Der junge Kapitän setzte jedoch großes Vertrauen auf den Obersteuermann und wollte diesen Anklagen keinen Glauben schenken.

Der ganze nun folgende Tag wurde der Ruhe und der Freude des Wiedersehens gewidmet; Fidèle Misonne und Pierre Nouquet erlegten in nächster Nähe des Hauses, von dem sie sich nicht weit entfernen wollten, einige Seevögel, und bald hatte Marie ein so schönes kräftiges Gericht davon bereitet, daß in die Adern der ganzen Gesellschaft wieder neuer Lebensmuth und neue Kraft strömten. Auch das kräftig geschürte Feuer trug viel dazu bei, eine merkliche Besserung im Zustande der Kranken herbeizuführen. Kurz, es war dies der erste Freudentag, der den Armen zu Theil wurde, und sie feierten ihn mit voller Hingebung in dieser elenden Hütte, die sechshundert Meilen weit im nördlichen Eismeere lag, und während draußen eine Kälte von dreißig Grad herrschte.

Diese Temperatur dauerte bis zum Neumond an, so daß die Gesellschaft erst am 17. November, also acht Tage nach ihrer Vereinigung mit Ludwig Cornbutte und seinen Gefährten, aufbrechen konnte. Sie vermochten sich jetzt nur nach den Sternen zu orientiren; der Frost war weniger scharf, und es schneite sogar.

Bevor die Seeleute ihre Rückreise antraten, erfüllten sie noch die traurige Pflicht, ihren armen Kameraden Cortrois zu beerdigen, und war dies für Alle eine erschütternde Ceremonie. Ein Jeder sagte sich, daß er, wenn auch der Erste, nicht der Einzige sein würde, der die Heimat nicht wiedersähe.

Der Zimmermann Misonne hatte aus den Brettern der Hütte eine Art Schlitten zusammengestellt, der ihnen zum Transport der Vorräthe dienen sollte und von den Matrosen abwechselnd gezogen wurde. Johann Cornbutte lenkte den Marsch auf den bereits zurückgelegten Wegen, und wenn die Ruhezeit kam, wurde das Lager mit großer Schnelligkeit organisirt. Der alte Seemann hoffte zuversichtlich, daß er seine Proviant-Depots wieder antreffen würde, denn diese waren bei einem Zuwachs der Gesellschaft von vier Personen unumgänglich nöthig geworden.

Wirklich zeigte sich ihnen das Glück günstig genug, um sie wieder in Besitz ihres Schlittens zu bringen, auf dem sich noch Lebensmittel in reicher Menge befanden. Die Hunde hatten zur Stillung ihres Hungers die Riemen gefressen und sich dann an die Vorräthe auf dem Schlitten gemacht, die sie bis jetzt zurückgehalten.

Die Truppe nahm nun ihren Weg nach der Ueberwinterungsbai wieder auf, die Hunde wurden vor den Schlitten gespannt, und so kam die Expedition ohne weiteren Unfall an ihr Ziel.

Zum geheimen Schrecken Ludwig Cornbutte's und Penellan's schien es jedoch, als sei ein Keim der Zwietracht in die kleine Gesellschaft gefallen; Aupic, André Vasling und die beiden Norweger hielten sich fast immer allein, wurden jedoch ohne ihr Wissen genau beobachtet und überwacht.

Endlich, am 7. December, zwanzig Tage nach ihrer Wiedervereinigung, bemerkten sie die Bai, in der die Jeune-Hardie überwinterte; wie groß war aber ihr Erstaunen, als sie fanden, daß die Brigg vier Meter hoch in der Luft auf Eisblöcken schwebte.

In lebhafter Sorge um die zurückgebliebenen Gefährten eilten sie herzu und wurden von Gervique, Turquiette und Gradlin mit lautem Freudengeschrei empfangen. Sie Alle befanden sich bei guter Gesundheit, hatten jedoch gleichfalls schwere Gefahren bestanden.

Der furchtbare Sturm mußte das ganze Polarmeer durchwüthet und aufgewühlt haben; die Eisschollen waren zertrümmert, verschoben und, indem sie unter einander glitten, hatten sie das Eisbett, in dem die Jeune-Hardie ruhte, erfaßt; da nun ihr specifisches Gewicht sie über die Oberfläche des Wassers hinaustrieb, hatten sie eine unberechenbare Gewalt erlangt, und so fand man die Brigg plötzlich so hoch über das Meer hinausgehoben.

Mit welcher Freude begrüßten die Rückkehrenden das Schiff, die Kameraden und die in gutem Zustande befindliche Einrichtung auf der Brigg; sie konnten jetzt einem, wenn auch rauhen, so doch erträglichen Winter entgegensehen. Durch die Erhöhung hatte das Schiff nicht gelitten, es war vollkommen fest und solide und brauchte nur, wenn die Jahreszeit des Thauens gekommen war, auf einer geneigten Ebene in's Wasser hinabzugleiten.

Aber eine böse Nachricht trübte die sonst so frohe Stunde des Wiedersehens und erfüllte Johann Cornbutte und seine Gefährten mit Schrecken. Der furchtbare Orkan hatte das Schneemagazin gänzlich zerschmettert und die darin enthaltenen Lebensmittel nach allen Seiten verstreut und mit fortgerissen, so daß auch nicht der kleinste Theil davon gerettet worden war. Sobald Johann Cornbutte diese schlimme Kunde erfuhr, durchforschte er mit Hilfe seines Sohnes die Kombüse der Brigg, um sich zu vergewissern, wie viel Vorräthe noch vorhanden, und wie sie einzutheilen seien.

Das Thauen konnte erst mit dem Monat Mai eintreten, und bis dahin mußte das Schiff in der Ueberwinterungsbai verbleiben; man hatte jetzt also noch fünf Wintermonate inmitten der Eisfelder zuzubringen und während dieser Zeit vierzehn Personen zu ernähren. Nach genau angestellter Berechnung kam der alte Seemann zu dem Resultat, daß er allerhöchstens mit dem Proviant bis zum Augenblick der Abfahrt reichen konnte, und dies auch nur, wenn die Mannschaft von jetzt an auf halbe Ration gesetzt würde. Die Jagd mußte also zu Hilfe genommen werden, um reichlichere Nahrung herbeizuschaffen.

Aus Furcht, daß ein ähnliches Unglück sich wiederholen könnte, beschloß man, keine Vorräthe wieder am Lande zu deponiren, und Alles blieb an Bord der Brigg. Für die neuen Ankömmlinge wurden Betten in dem gemeinsamen Matrosenlogis aufgeschlagen. Die zurückgebliebenen Seeleute hatten die Zeit der Abwesenheit ihrer Gefährten dazu benutzt, um eine Treppe in's Eis zu hauen, auf der man bequem bis zum Schiffsverdeck hinauf gelangen konnte.

Dreizehntes Capitel.

Die beiden Nebenbuhler.

André Vasling hatte mit den beiden norwegischen Matrosen Freundschaft geschlossen, und auch Aupic nahm an ihrem Bunde Theil, hielt sich mit ihnen von der übrigen Mannschaft entfernt und tadelte wie sie laut alle neuerdings getroffenen Maßregeln; aber Ludwig Cornbutte, der von seinem Vater wieder den Oberbefehl über die Brigg erhalten hatte, und der somit Herr an Bord war, verstand in diesem Punkt keinen Scherz; er sprach sich, trotz Marien's Bitten, glimpflich mit den Leuten zu verfahren, sehr entschieden dahin aus, daß er in jeder Beziehung den strengsten Gehorsam verlange.

Nichtsdestoweniger gelang es zwei Tage später den Norwegern, sich einer Kiste mit gesalzenem Fleisch zu bemächtigen, und als Ludwig Cornbutte die sofortige Rückgabe derselben verlangte, machte Aupic gemeinschaftliche Sache mit den Kerlen, und André Vasling gab sogar zu verstehen, daß die eingeführte Ernährungsweise nicht länger fortdauern dürfe.

Cornbutte suchte den Unglücklichen nun zu beweisen, daß die getroffenen Maßregeln nur das gemeinsame Interesse im Auge hatten; aber das war vergebens, die Leute hatten das gar wohl gewußt und nur einen Vorwand zur Auflehnung gesucht. Die beiden

Norweger nun zogen ihre Messer, aber Penellan ließ sich dadurch nicht zurückschrecken, ging auf sie los und entriß ihnen mit Misonne's und Turquiette's Hilfe die Fleischkiste, ohne daß André Vasling und Aupic, da sie sahen, daß die Geschichte übel ablief, sich hineinmischten. Dennoch nahm Ludwig Cornbutte den Obersteuermann bei Seite und sagte:

»Andre Vasling, Sie sind ein Schuft! Ich kenne Ihr ganzes Verhalten und weiß sehr wohl, was ich von Ihnen zu erwarten habe; da auf mir jedoch die ganze Verantwortung für das Wohl der Mannschaft liegt, so erkläre ich Ihnen hiermit, daß ich Jeden mit eigener Hand erdolchen werde, der es wagt, gegen mich und meine Anordnungen zu conspiriren!«

Marie hatte sich bis jetzt noch nie vor den Gefahren des Eismeeres gefürchtet, aber dieser Haß, von dem sie sich sagen mußte, daß er ihretwegen entbrannt war, machte sie erbeben; Ludwig Cornbutte konnte sie kaum wieder beruhigen.

Trotz der Kriegserklärung wurden die Mahlzeiten zur bestimmten Stunde und wie ehemals gemeinsam eingenommen. Durch die Jagd hatte man in der ersten Zeit noch einige Schneehühner und weiße Hasen erhalten, aber bald sollte auch diese Hilfsquelle noch versiegen, denn die Kälte wurde unerträglich. Sie setzte am 22. December mit der Sonnenwende ein, und das Thermometer zeigte an diesem Tage fünfunddreißig Grad unter Null. Die Seeleute bekamen Schmerzen in den Ohren, der Nase und allen Extremitäten und wurden von so tödtlicher Starrheit und so heftigen Kopfschmerzen ergriffen, daß das Athmen ihnen immer schwerer wurde.

In diesem Zustande hatten die Leute nicht mehr den Muth, auf Jagd auszugehen oder sich andere Bewegung im Freien zu machen; sie kauerten sich um den Ofen, der nur sehr ungenügende Wärme ausstrahlte, und fühlten, sowie sie sich von ihm entfernten, ihr Blut auf's Neue erstarren.

Johann Cornbutte fühlte sich am Meisten angegriffen; er konnte seine Wohnung nicht verlassen, und alle Symptome des Scorbuts traten bei ihm auf; seine Beine bedeckten sich mit weißlichen Flecken. Marie war wohlauf und sehr thätig; sie pflegte die Kranken so

geschickt und liebevoll, wie eine barmherzige Schwester, und ernte-
te dafür Dank und Verehrung von allen Seiten.

Der 1. Januar wurde den Nordpolfahrern zu einem der trübsten
Tage; das Wetter war unerträglich kalt und sehr stürmisch; man
konnte nicht ausgehen, ohne sich dem Erfrieren auszusetzen, und
nur die Muthigsten wagten, auf dem Verdeck, das von dem Zelt
geschützt wurde, spazieren zu gehen. Johann Cornbutte, Gervique
und Gradlin durften nicht daran denken, ihr Bett zu verlassen. Die
beiden Norweger, Aupic und André Vasling befanden sich frisch
und gesund; sie blickten zuweilen wild und schadenfroh auf ihre
Gefährten, die so elend dahinsiechten.

Ludwig Cornbutte führte Penellan auf das Verdeck und fragte
ihn, wie es mit dem Feuerungsmaterial stände.

»Die Kohlen sind schon lange aufgebraucht, antwortete dieser;
wir verbrennen jetzt unsere letzten Holzstücke.

– Wenn es uns nicht gelingt, diese Kälte zu bekämpfen, sind wir
verloren, äußerte Cornbutte. – Es bleibt uns nur noch ein Mittel
übrig, bemerkte Penellan; wir müssen alles nur entbehrliche Holz-
werk von den Verschanzungen bis zur Wassertracht herab auf unserer Brigg verbrennen; im Fall der größten Noth können wir sie
sogar gänzlich zerstören und ein kleineres Fahrzeug construiren.

– Dies wäre ein nur im äußersten Falle anwendbares Mittel, entgegnete Ludwig Cornbutte, zu dem man nur schreiten könnte,
wenn unsere Leute wieder gesund werden; leider aber nehmen
unsere Streitkräfte sichtlich ab, während die Partei unserer Feinde
sich zu stärken scheint. Es ist das ziemlich auffallend!

– Ich habe ganz dieselbe Bemerkung gemacht, gab Penellan zu;
ich glaube, wenn wir nicht so vorsichtig Tag und Nacht wachten,
könnten wir in große Gefahr kommen.

– Nehmen wir jetzt Beile zur Hand, um Holzernte zu halten, sagte
Ludwig Cornbutte. Und trotz der Kälte erstiegen beide Männer die
Verschanzungen des Vorderdecks und hieben alles Holz herunter,
das nicht von unentbehrlichem Nutzen für das Schiff war. Dann
kamen sie mit Brennmaterial beladen wieder zurück, der Ofen erhielt neue Nahrung, und ein Mann mußte als Wache bei ihm zu-
rückbleiben, damit das Feuer nicht ausginge.

Ludwig Cornbutte und seine Freunde waren halbtodt vor Er-schöpfung; denn da sie ihren Feinden nicht die geringste Arbeit anvertrauen konnten, lag die ganze Last der häuslichen Sorgen allein auf ihnen. Binnen Kurzem kam auch die Scorbutkrankheit bei dem alten Kapitän Cornbutte zum Vorschein, und er litt unbe-schreiblich davon. Gervique und Gradlin spürten gleichfalls Anzei-chen des schrecklichen Uebels, und ohne den reichlichen Vorrath an Citronensaft wären die Armen jedenfalls schnell ihren Leiden erle-gen; so aber brauchte man mit diesem wirksamen Mittel nicht zu sparen.

Eines Tages jedoch – es war am 15. Januar – als Ludwig Cornbut-te in die Kombüse hinabstieg, um neue Citronen zu holen, erstarrte er fast vor Schrecken – die Citronenfässer waren verschwunden. Er ging wieder hinauf, um Penellan das Unglück mitzutheilen, und Beide wußten für dies Räthsel nur eine Lösung: Es war ein Dieb-stahl begangen worden; über die Thäter befanden sie sich keinen Augenblick in Zweifel. Jetzt begriff Ludwig, wie es kam, daß die Feinde so gesund geblieben waren, aber es stand nicht mehr in sei-ner Macht, ihnen die Citronen zu entreißen, obgleich sein und sei-ner Gefährten Leben von ihrem Besitz anhing; zum ersten Mal ver-fiel er in düstere Verzweiflung.

Vierzehntes Capitel.

Noth und Elend.

Am 20. Januar fühlten sich die meisten der Unglücklichen so schwach, daß sie ihr Bett nicht mehr verlassen konnten. Jeder hatte außer seiner wollenen Decke noch ein Büffelfell, um sich vor der Kälte zu schützen; sobald aber einer von ihnen den Versuch machte, seinen Arm unter der Decke hervorzubringen, empfand er so furchtbare Schmerzen, daß er ihn sofort wieder zurückziehen mußte.

Nachdem jedoch Ludwig Cornbutte den Ofen geheizt hatte, kamen Penellan, Misonne und André Vasling aus ihren Betten und kauerten sich um das Feuer. Penellan kochte Kaffee, und dieser gab den Matrosen wie auch dem jungen Mädchen, das dazu kam, wieder neue Kraft.

Ludwig Cornbutte ging nun an das Bett seines Vaters, der regungslos dalag, und dessen Gebeine durch die Krankheit total kraftlos geworden waren. Der arme alte Mann murmelte einige abgebrochene Worte vor sich hin, die das Herz seines Sohnes vor Weh erbeben ließen.

»Ludwig, ich werde sterben! ... o, was muß ich leiden! ... Rette mich!« rang es sich mühsam von seinen Lippen.

Ludwig Cornbutte faßte einen schnellen Entschluß; er ging festen Schrittes auf den Obersteuermann zu und sagte, indem er sich, so sehr es ihm möglich war, beherrschte:

»Wissen Sie, wo die Citronen sind, Vasling?

– Wahrscheinlich in der Kombüse, antwortete der Obersteuermann, ohne im Geringsten aus seiner Ruhe zu kommen.

– Sie wissen sehr gut, daß die Citronen nicht mehr dort sind, rief jetzt Ludwig Cornbutte, denn Ihr Schurken habt sie gestohlen!

– Sie sind hier Herr, Ludwig Cornbutte, und können sagen und thun, was Ihnen beliebt, antwortete Vasling ironisch.

– Haben Sie Erbarmen, André; Sie sehen, daß mein Vater im Sterben liegt; Sie allein können ihn retten! Antworten Sie!

– Ich habe hier nichts zu sagen, entgegnete der Obersteuermann.

– Elender Schuft! schrie Penellan und stürzte mit dem Messer in der Hand auf Vasling zu.

– Hilfe, Hilfe, meine Leute!« rief André Vasling, indem er vor der Waffe zurückwich.

Sogleich sprangen Aupic und die beiden Norweger aus ihren Betten und stellten sich hinter ihm auf. Misonne, Turquiette, Penellan und Ludwig hatten sich ihrerseits zur Vertheidigung gerüstet. Auch Pierre Rouquet und Gradlin gesellten sich zu ihnen, obgleich sie unbeschreiblich matt und hinfällig waren.

»Noch sind sie zu stark für uns, sagte André Vasling; wir wollen warten, bis der Sieg von vorn herein unser ist!«

Die Seeleute fühlten sich so krank und muthlos, daß sie nicht wagten, die vier Elenden anzugreifen; im Fall des Unterliegens waren sie ja verloren.

»André Vasling, sagte Ludwig Cornbutte mit matter Stimme, stirbt mein Vater, so hast Du ihn gemordet, und ich bringe Dich um wie einen Hund!«

Er erhielt keine Antwort hierauf; seine Feinde hatten sich nach dem andern Ende des Logis zurückgezogen und verharrten in Schweigen.

Der Holzvorrath mußte abermals erneuert werden; Ludwig Cornbutte stieg trotz der großen Kälte auf das Verdeck und begann einen Theil der Verschanzungen abzuschneiden; nach Verlauf einer Viertelstunde mußte er jedoch davon abstehen, denn er lief Gefahr, von der Kälte übermannt zu werden. Im Vorübergehen warf er einen Blick auf das Thermometer und sah, daß es zweiundvierzig Grad unter Null zeigte. Der Wind wehte aus Norden, und das Wetter war trocken und hell.

Am 26. setzte der Wind um; er kam aus Nordosten, und die Kälte sank auf fünfunddreißig Grad. Johann Cornbutte rang mit dem Tode, und sein Sohn hatte vergebens ein Heilmittel für seine Schmerzen gesucht; endlich aber gelang es ihm, André Vasling eine Citrone aus den Händen zu reißen, die dieser soeben aussaugen wollte, und der Obersteuermann gab sich nicht die geringste Mühe, um sie wieder zu erlangen; fast schien es, als warte er auf eine passende Gelegenheit, seine Pläne auszuführen.

Der Citronensaft verlieh dem alten Seemann wieder einige Kraft, aber das Mittel hätte in mehrfach wiederholten Dosen angewandt werden müssen; Marie flehte André Vasling auf den Knieen an, ihr die heilkräftigen Früchte zu geben, aber umsonst; er antwortete mit keiner Silbe auf ihre Bitten, und Penellan hörte, wie er kurze Zeit darauf zu seinen Kumpanen sagte:

»Der Alte liegt in den letzten Zügen! Gervique, Gradlin und Pierre Nouquet sind nicht viel besser daran! Die Kraft der Anderen schwindet von Tag zu Tag mehr; jetzt kommt der Augenblick heran, wo ihr Leben in unserer Hand liegt!«

Es wäre thöricht gewesen, jetzt noch länger zu zögern, und so beschlossen Ludwig Cornbutte und seine Gefährten, ihre geringe Kraft zusammenzunehmen und in der folgenden Nacht die Schurken zu tödten, um nicht von ihnen den Tod zu empfangen.

Die Temperatur war heute etwas weniger kalt, und Ludwig Cornbutte benutzte diesen Umstand zu einem Gang auf die Jagd.

Durch verschiedene Spiegelungs- und Brechungseffecte getäuscht, entfernte er sich unvorsichtigerweise weiter von dem Schiffe, als es von vorn herein seine Absicht gewesen war, und setzte, obgleich Spuren wilder Thiere auf dem Schnee ihn hätten warnen sollen, und er schon etwa drei Meilen zurückgelegt hatte, seinen Weg noch immer fort, weil er durchaus frisches Fleisch mit nach Hause bringen wollte. Da überkam ihn ein eigentümliches Gefühl, das ihm den Kopf verwirrte und ihm unerträgliche Uebelkeit verursachte; es war dies der »Schwindel der Weiße«.

Die Rückstrahlung der Eisberge und Eisflächen erfaßte ihn nämlich mit solcher Gewalt, daß es ihm schien, als durchdringe ihn die intensiv weiße Farbe vom Kopf bis zu den Füßen; es war ihm zu Muth, als müßte er vor Weiße irrsinnig werden, so war sein Auge davon gesättigt, so schweifte sein Blick von weiß auf weiß. Aber ohne sich von dieser furchtbaren Wirkung Rechenschaft zu geben, ging er weiter und störte bald ein Schneehuhn auf, das er eifrig verfolgte und auch alsbald erlegte. Der Vogel fiel herab, und Ludwig Cornbutte sprang, um ihn zu holen, von einer Eisscholle auf die

Fläche nieder. Aber anstatt einen Sprung von zwei Fuß zu thun, wie die Strahlenbrechung ihm vorgespiegelt hatte, war er zehn Fuß hoch hinabgestürzt und fiel, vom Schwindel ergriffen, schwer zur Erde. Obgleich Ludwig sich hierbei nicht verletzte, begann er doch – ohne eigentlich zu wissen, weshalb – um Hilfe zu rufen, und stand erst nach einigen Minuten, als er merkte, daß die Kälte ihn übermannte und der Trieb der Selbsterhaltung die Oberhand gewann, mühsam wieder auf.

Plötzlich drang ein Duft wie von angebranntem Fett zu ihm herüber, ohne daß er sich die Entstehung desselben erklären konnte. Da der Wind von der Richtung des Schiffes her wehte, mußte er vermuthen, daß der Geruch von dort käme, fragte sich aber vergebens, zu welchem Zweck man auf der Brigg Fett verbrenne, da solche Ausdunstung durch die Anziehungskraft, die sie auf die Eisbären ausübt, sehr gefährlich werden kann.

Von dieser Sorge getrieben, schlug Ludwig Cornbutte den Rückweg nach der Jeune-Hardie ein; es war ihm eine Ahnung gekommen, und bei der hohen geistigen Erregtheit, in der er sich augenblicklich befand, verwandelte sich diese in ein Gefühl furchtbaren Schreckens. Er glaubte zu sehen, wie sich kolossale Massen am Horizonte hin und her bewegten, und fragte sich, ob abermals ein Erbeben der Eismassen zu befürchten sei. Mehrere weiße Wolken legten sich zwischen ihn und das Schiff, ja, er nahm wahr, wie sie an der Brigg hinaufkletterten. Er blieb stehen, um das wirre Bild klarer in's Auge zu fassen, und erkannte jetzt deutlich in der vermeintlichen weißen Wolke eine Horde Eisbären.

Die Thiere waren ohne allen Zweifel von dem Fettgeruch, der auch ihm aufgefallen war, angezogen worden. Ludwig Cornbutte verbarg sich hinter einem Eisberge und beobachtete von hier aus, wie drei der stärksten Thiere die Eisblöcke, auf denen die Jeune-Hardie ruhte, erklommen.

Bis jetzt schien die nahe Gefahr auf dem Schiffe nicht bemerkt worden zu sein, und Ludwig fragte sich zitternd, wie die Schiffsmannschaft sich diesem verhängnißvollen Besuch entgegenstellen, und ob André Vasling und seine Kumpane sich mit den übrigen Leuten vereinigen würden, um die gemeinsame Gefahr abzuwenden.

Konnten Penellan und seine von Hunger und Kälte halb gelähmten Kameraden diesen furchtbaren Thieren Widerstand leisten? und wurden die Leute nicht von dem unvorhergesehenen Angriff überrascht?

All diese Betrachtungen zogen in einem Augenblick vor dem Geist des jungen Kapitäns vorüber. Die Bären hatten indessen die Eisschollen erklommen und machten sich daran, an dem Schiff hinaufzuklettern. Ludwig Cornbutte verließ sein Versteck hinter dem Eisblock, kroch auf dem Eise näher und sah, wie die Thiere mit ihren ungeheuren Tatzen das Zelt zerrissen und dann auf's Verdeck sprangen. Cornbutte dachte daran, einen Flintenschuß abzufeuern, um seine Gefährten auf die nahe Gefahr aufmerksam zu machen; aber er sagte sich, daß sie von den Bestien unfehlbar in Stücke zerrissen würden, wenn sie ohne jede Ahnung von dem Ueberfall unbewaffnet auf das Verdeck kämen.

Fünfzehntes Capitel.

Die Eisbären.

Nachdem Ludwig Cornbutte fortgegangen war, verschloß Penellan vorsichtig die Thüre des Logis (dieselbe mündete unter der Treppe zum Verdeck), und übernahm die Sorge für den Ofen, während seine Gefährten sich wieder in ihre Betten zurückzogen, um einigermaßen warm zu werden.

So war die sechste Abendstunde herangekommen, und Penellan schickte sich an, das Abendessen zu bereiten. Er hatte bereits Wasser siedend gemacht und war in die Kombüse hinab gegangen, um gesalzenes Fleisch, das er darin kochen wollte, zu holen, als er bei seiner Rückkehr zum Ofen seine Stelle von André Vasling eingenommen fand. Er saß vor dem Kessel und kochte große Fettstücke darin ab.

»Ich war vor Ihnen hier, André Vasling, redete er mit raschem Wort den Obersteuermann an; warum nehmen Sie mir meinen Platz fort?

– Wahrscheinlich aus demselben Grunde, als aus dem Sie ihn wieder haben wollen; ich will mir mein Abendbrod kochen, antwortete Vasling.

– Lassen Sie mich jetzt an den Kessel, oder Sie werden sehen, daß unser Streit ein schlimmes Ende nimmt, rief Penellan.

– Wir werden nichts sehen, erwiderte höhnisch André Vasling, und ich gedenke hier mein Abendessen fertig zu kochen, ob es Ihnen nun recht ist oder nicht.

– Und ich sage, Sie werden Ihr Abendessen hier nicht bereiten«, rief Penellan und stürzte wüthend auf André Vasling zu, der sofort nach seinem langen Messer griff und mit lautem Geschrei die Norweger und Aupic zu Hilfe rief.

Die Kerle waren in einer Minute, und zwar mit Dolchen und Pistolen bewaffnet, zur Stelle; Penellan sah jetzt, daß der Streich abgekartet war. André Vasling mußte es wohl als seine Aufgabe übernommen haben, ihn selbst unschädlich zu machen, denn die andern Kerle eilten nach den Betten der Kranken, Misonne, Turquiette und

Pierre Nouquet. Dieser Letztere war so elend, daß er kaum noch eine Bewegung machen konnte, und war dem wilden Herming in die Hände gefallen, während der Zimmermann Misonne sich mit einem Beil gegen Aupic vertheidigte, und Turquiette erbittert mit dem Norweger Jocki rang. Gervique und Gradlin litten so furchtbar unter ihren Schmerzen, daß sie kaum zu bemerken schienen, was um sie her vorging.

Pierre Nouquet bekam einen Dolchstich in die Seite, Herming hielt nun seine Aufgabe für erledigt, wandte sich zu Vasling, der seinen Gegner um den Leib gepackt hatte, und wollte ihm in seinem Kampfe beistehen.

Aber gleich bei Beginn des Ringens war der Kessel auf dem Ofen umgestürzt, so daß das Fett auf die glühenden Kohlen floß und die Luft mit einem widerlichen Geruch verpestete. Marie erhob sich laut weinend von ihrem Lager und eilte auf Johann Cornbutte zu, der auf seinem Bette lag und furchtbar röchelte.

André Vasling konnte es an Kraft mit Penellan nicht aufnehmen und merkte bald, daß er unterliegen würde; da sah er, daß Herming auf ihn zukam, und rief laut:

»Zu Hilfe, Herming! zu Hilfe!

– Zu Hilfe, Misonne!« schrie Penellan.

Aber Misonne lag auf dem Boden und rang mit Aupic, der ihn mit einem Messer zu durchbohren suchte. Das Zimmermannsbeil war eine für diesen Kampf schlecht geeignete Waffe; er konnte sie nicht handhaben und mußte die Dolchstiche pariren, die der wüthende Aupic ihm beizubringen suchte.

Das Blut floß in Strömen; der Kampf wurde von Minute zu Minute erbitterter. Turquiette war von dem ungewöhnlich starken Jocki niedergeworfen, hatte einen Dolchstich in die Schulter erhalten und suchte sich vergebens der Pistole zu bemächtigen, die in dem Gürtel des Norwegers steckte. Dieser preßte ihn zusammen wie in einem Schraubstock, so daß ihm jede Bewegung unmöglich wurde.

Auf den Ruf André Vasling's, der von Penellan gegen die Eingangsthür gedrängt war, eilte Herming herbei; aber in demselben Augenblick, als er dem Untersteuermann einen Messerstich in den

Rücken versetzen wollte, streckte dieser ihn mit einem kräftigen Fußtritt zu Boden. Durch diese Bewegung Penellan's gelang es André Vasling, seinen rechten Arm frei zu machen; die Eingangsthür jedoch, auf der die beiden Männer mit ihrem ganzen Gewicht lasteten, gab plötzlich nach, und André Vasling fiel rücklings über.

Da erdröhnte ein furchtbares Gebrüll, und ein ungeheurer Bär, der zuerst von André Vasling bemerkt wurde, erschien auf der Treppe; er war höchstens noch vier Fuß entfernt. Aber im nämlichen Augenblick hörte man auch einen Flintenschuß, der Bär machte plötzlich kehrt, und André Vasling, der sich wieder erhoben hatte und nicht weiter auf Penellan achtete, setzte ihm nach.

Der Untersteuermann richtete nun die eingeschlagene Thür wieder ein und blickte umher. Misonne und Turquiette lagen, von ihren Feinden geknebelt, in einer Ecke und suchten vergebens ihre Bande zu zerreißen; Penellan eilte ihnen zu Hilfe, wurde jedoch von den beiden Norwegern und Aupic zurück gestoßen. Seine Kraft war so erschöpft, daß er diesen drei Männern keinen Widerstand mehr leisten konnte und binnen wenigen Minuten regungslos gefesselt war. Dann eilten seine Peiniger auf das Geschrei des Obersteuermanns nach dem Verdeck; denn sie glaubten nicht anders, als daß er dort mit Ludwig Cornbutte kämpfte. André Vasling rang hier mit einem Bären, dem er bereits zwei Dolchstiche beigebracht hatte, das Thier schlug mit den fürchterlichen Tatzen nach seinem Gegner, suchte ihn zu treffen und drängte ihn immer weiter nach den Verschanzungen. Es blieben ihm nur noch wenige Schritte Raum zum Zurückweichen, dann war er unrettbar verloren; da wurde plötzlich ein zweiter Schuß abgefeuert, und der Bär rollte zu Boden. André Vasling schaute auf und sah, daß Ludwig Cornbutte, der in den Wewelings des Fockmastes saß, ihn gerettet hatte. Die Kugel war dem Bären in's Herz gedrungen und hatte ihn augenblicklich getödtet.

Aber der Haß gegen Ludwig Cornbutte war zu groß in André Vasling, als daß die Dankbarkeit eine Rolle bei ihm finden konnte; er blickte um sich und sah, daß Aupic todt auf dem Verdeck ausgestreckt lag, der Bär hatte ihm mit einem Schlag seiner ungeheuren Tatze den Kopf zerschellt. Jocki wehrte sich mit einem Beil in der

Hand verzweifelt gegen denselben Bären, der soeben seinen Kameraden niedergeschlagen. Das Thier blutete bereits aus mehreren Wunden, kämpfte aber nur um so erbitterter weiter. Ein dritter Bär trottete auf das Vorderdeck des Schiffes zu.

André Vasling bekümmerte sich nicht um ihn und vereinigte sich mit Herming, um Jocki von der Umarmung des Bären zu befreien. Beide feuerten ihre Pistolen auf das Thier ab; aber als es zum Tode getroffen niedersank, hielt es nur noch einen Leichnam in seinen Tatzen.

»Es sind unserer nur noch zwei, sprach André Vasling wild grollend; sollen wir jedoch unterliegen, so will ich mich zuvor noch rächen!«

Herming lud, ohne hierauf zu antworten, seine Pistole nochmals; man mußte den dritten Bären unschädlich zu machen suchen.

Vasling blickte nach dem Vorderdeck hinüber und sah, daß die Bestie die Verschanzungen erklettert hatte und in den Wewelings empor klomm, um Ludwig Cornbutte zu erreichen. Der Obersteuermann ließ seine Flinte sinken; eine teuflische Freude spiegelte sich in seinen Augen.

»So kann ich mich noch an Dir rächen!« rief er.

Inzwischen hatte sich Ludwig Cornbutte auf den Fockmast geflüchtet, aber der Bär stieg ihm auch dorthin nach und war jetzt nur noch sechs Fuß von ihm entfernt. Da legte Ludwig seine Flinte an und zielte auf das Thier.

Auch André Vasling machte sich schußfertig; wenn der Bär fiel, wollte er Ludwig Cornbutte tödten.

Der junge Kapitän feuerte auf die Bestie, aber es schien, als sei sie nicht getroffen; mit einem Sprunge schwang sie sich auf den Fockmast, so daß der ganze Mast erbebte.

André Vasling stieß einen Freudenschrei aus.

»Herming, hole mir Marie, hole mir meine Braut!« rief er dem norwegischen Matrosen zu, und dieser stieg eilends in das Logis hinab.

Das wüthende Thier war auf Ludwig Cornbutte zugestürzt, der auf der entgegengesetzten Seite des Mastes Schutz suchte; in dem Augenblick aber, als es die kolossale Tatze auf ihn herabsenken wollte, um seinen Kopf zu zerschmettern, ergriff der gewandte Seemann eine der Pardunen und ließ sich an ihr hinunter gleiten. Auf halbem Wege jedoch pfiff eine Kugel dicht an seinem Ohr vorüber; André Vasling hatte auf ihn geschossen und ihn verfehlt. Nun standen die beiden Gegner mit den Messern in der Hand einander gegenüber.

Dieser Kampf mußte entscheidend werden; um seinen Rachedurst vollständig zu kühlen, hatte André Vasling die Gegenwart des jungen Mädchens beim Tode ihres Geliebten verlangt und sich hierdurch der Hilfe Herming's beraubt. Er war in Folge dessen nur noch auf sich selbst angewiesen.

Die beiden Feinde packten sich so fest, daß Keiner zurückweichen konnte; einer von ihnen mußte sterben. Schon floß das Blut bei Beiden; André Vasling suchte mit seinem Arm den Hals des Gegners zu umschlingen und ihn zu Boden zu werfen, aber Ludwig Cornbutte wußte sehr wohl, daß wer zuerst fiel, auch verloren war, und hielt seinen Feind fest umklammert; hierbei glitt ihm jedoch sein Dolch aus der Hand.

In diesem Moment erhob sich ein herzzerreißendes Geschrei: der norwegische Matrose schleppte Marie herbei. Ludwig Cornbutte fühlte, wie ihn die Wuth übermannte; er wollte André Vasling loslassen, da wurden beide Gegner von einer kräftigen Umarmung zusammengepreßt.

Der Bär war vom Fockmast herabgeklettert und suchte jetzt die Männer zu erdrücken.

André Vasling stand gegen den Körper des Thieres gelehnt, und Ludwig Cornbutte fühlte, wie die Tatzen des Ungeheuers ihm in's Fleisch drangen.

»Zu Hilfe, zu Hilfe, Herming! schrie der Obersteuermann.

– Zu Hilfe, Penellan!« rief Cornbutte.

Gleich darauf ließen sich Schritte auf der Treppe hören, Penellan erschien, und in der nächsten Minute entlud sich seine Pistole in das

Ohr der Bestie. Ein entsetzliches Gebrüll ertönte, das Thier lockerte, von Schmerz überwältigt, seine Tatzen, und Cornbutte glitt in diesem Augenblick halb todt vor Erschöpfung auf's Verdeck nieder, dann aber drückte der Bär in wüthendem Todeskampf sein Opfer, den elenden Vasling, zusammen, riß den Leichnam im Falle mit sich und zermalmte ihn unter seinem Gewicht.

Penellan eilte nun Ludwig Cornbutte zu Hilfe und fand zu seiner großen Freude, daß keine schwere Verletzung das Leben des Freundes gefährdete; er hatte nur momentan das Bewußtsein verloren.

»Marie! ... war sein erstes Wort, als er wieder zum Leben erwachte.

– Gerettet! frohlockte der Untersteuermann; dort liegt Herming mit einem Dolchstoß durch den Leib.

– Und die Bären ...?

– Todt, Ludwig, todt wie unsere Feinde! Ohne die Dazwischenkunft dieser Thiere wären wir verloren gewesen. Laß uns Gott danken für seine Gnade!«

Ludwig Cornbutte und Penellan gingen in das Logis hinab und führten das halb ohnmächtige Mädchen mit sich.

Sechzehntes Capitel.

Schluß.

Misonne und Turquiette, denen es gelungen war, sich ihrer Fesseln zu entledigen, hatten den verwundeten Herming auf sein Bett gebracht; er röchelte bereits und ging schnell einem gewissen Tode entgegen. Die beiden Seeleute beschäftigten sich jetzt mit Pierre Nouquet, dessen Wunde glücklicherweise nicht sehr bedenklich war.

Ein tiefes Leid jedoch stand Ludwig Cornbutte und seiner Verlobten bevor; ihr Vater gab kein Lebenszeichen mehr von sich. War er vor Angst um seinen Sohn, den er in der Hand der Feinde wußte, gestorben? Verschied er bereits, ehe die furchtbare Scene sich abspielte? Niemand konnte darauf antworten, und der brave alte Seemann war todt.

Ludwig und das junge Mädchen verfielen durch diesen unerwarteten Schlag der tiefsten Trauer; sie knieten neben der Leiche nieder und beteten inbrünstig für die abgeschiedene Seele.

Penellan, Misonne und Turquiette wollten sie in ihrem Schmerze nicht stören und stiegen wieder auf das Verdeck. Hier harrte ihrer noch manche Arbeit; die Körper der drei Bären wurden auf das Vorderdeck geschleppt, und Penellan behielt sich vor, ihre Pelze zu verwenden. Das Fleisch der Thiere zu essen, war ihm keinen Augenblick in den Sinn gekommen. Auch hatte sich ja die Zahl der Mannschaft während der letzten Stunden so sehr vermindert, daß jede Sorge in dieser Beziehung überflüssig wurde. André Vasling, Aupic und Jocki fanden ihr Grab an der Küste der Bai, und bald folgte ihnen auch Herming, der ohne Reue und Buße in der folgenden Nacht seine schwarze Seele aushauchte.

Die drei Seeleute besserten nun ihr Zelt aus, das an mehreren Stellen arg zerrissen war und den Schnee ungehindert auf das Verdeck fallen ließ. Die Temperatur blieb immer noch sehr niedrig und änderte sich erst am 8. Februar, an welchem Tage die Sonne wieder über dem Horizont erschien.

Johann Cornbutte ward gleichfalls an der Küste beerdigt; er hatte seine Heimat verlassen, um dem einzigen Sohn Hilfe und Rettung zu bringen, und mußte nun hier dem schrecklichen Klima zum Opfer fallen. Sein Grab erhob sich auf einem Hügel und wurde durch ein einfaches Holzkreuz bezeichnet.

Von diesem Tage an hatten Ludwig Cornbutte und seine Gefährten noch manche harte Prüfung zu bestehen, ihre Gesundheit aber erlangten sie wieder, und zwar durch den Genuß der Citronen, die sie bald nach der Katastrophe wieder fanden. Vierzehn Tage nach dem beschriebenen furchtbaren Ereigniß waren auch Gervique, Gradlin und Pierre Nouquet so weit hergestellt, daß sie ihr Lager wieder verlassen und sich durch körperliche Bewegung stärken konnten.

Die Jagd wurde bald leichter und ergiebiger; die Seevögel kehrten in großen Schwärmen zurück, und auch eine Art wilder Ente, die sich in dieser Gegend sehr häufig fand, lieferte einen ganz vorzüglichen Braten. Die Jäger hatten bei ihren Ausflügen keinen anderen Unfall, als daß sie zwei von ihren Hunden einbüßten, als sie fünfundzwanzig Meilen südlicher die Stärke des Eises recognosciren wollten.

Im Monat Februar schneite und stürmte es fast unaufhörlich; die mittlere Temperatur betrug noch immer fünfundzwanzig Grad unter Null, aber doch litten die Ueberwinterer vergleichsweise wenig von der Kälte. Bald kündigte ihnen die Sonne, die sich mehr und mehr über den Horizont erhob, das Ende ihrer Prüfungen an, und wir dürfen wohl annehmen, daß auch der Himmel Erbarmen mit den armen Seeleuten fühlte, denn die Wärme stellte sich in diesem Jahre außergewöhnlich frühzeitig ein. Schon im Monat März kreisten einige Raben um das Schiff, und ihnen folgten Flüge wilder Gänse und Kraniche, die sich auf ihren nördlichen Wanderungen bis hierher verloren hatten.

Die Rückkehr der Vögel war das Signal für die Verminderung der Kälte, doch durfte man nicht zu feste Hoffnungen darauf bauen, denn bei einem Wechsel des Windes, bei Neumond oder Vollmond ging die Temperatur oft plötzlich wieder herunter, und die Seeleute waren gezwungen, wieder ihre größten Vorsichtsmaßregeln in Anwendung zu bringen. Die Verschanzungen des Schiffes, die Verschläge des Deckzimmers, das sie nicht bewohnten, und einen bedeutenden Theil der Brücke hatte man bereits als Brennmaterial verbraucht, es war also hohe Zeit, daß die Ueberwinterung zu Ende ging. Im März stellte sich die Durchschnittstemperatur nicht über sechzehn Grad, und Marie mußte eilen, neue Kleider für die wärmere Jahreszeit zu verfertigen.

Seit der Tag- und Nachtgleiche war die Sonne beständig über dem Horizont geblieben, und somit hatten die acht Monate steter Helligkeit begonnen, deren ununterbrochene Wärme eine so wunderbare Wirkung auf das Schmelzen des Eises übt.

Man mußte sehr vorsichtig zu Werke gehen, um die Jeune-Hardie von dem hohen Bett der Eisschollen, das sie umgab, herabzulassen. Das Schiff wurde solide gestützt, und man hielt es nun für geeignet zu warten, bis die Schollen durch den Eisgang brechen würden. Aber es bedurfte dessen nicht; die inneren, auf einer wärmeren Wasserschicht ruhenden Eisschollen lösten sich allmälig ab, die Brigg senkte sich nach und nach, und als die ersten Tage des April herankamen, war sie wieder auf ihrem natürlichen Niveau angelangt.

Stürmische Regengüsse beschleunigten jetzt noch die Zersetzung des Eises, und das Thermometer sank wieder auf zehn Grad unter Null. Einige von den Leuten legten jetzt ihre Robbenfellkleider ab, und man fand es nicht mehr nöthig, wie bisher Tag und Nacht das Feuer in den Oefen zu unterhalten. Der Vorrath an Spiritus war bereits sehr zusammengeschmolzen und wurde nur noch zum Kochen der Speisen verwandt.

Bald begann das Eis mit dumpfem Krachen und großer Schnelligkeit auseinander zu bersten, und man konnte nicht mehr ohne Gefahr einzubrechen auf den Flächen vorgehen, sondern mußte erst mit einem Stock das Terrain sondiren, ehe man einen Schritt that. Mehrmals fiel Dieser oder Jener von den Seeleuten in's Wasser, aber sie kamen immer mit einem kalten Bade davon.

Auch die Robben stellten sich wieder ein und waren eine willkommene Jagdbeute, denn ihr Fett konnte außerordentlich nutzbar gemacht werden.

Die Gesundheit der Mannschaft blieb vorzüglich, und Jeder machte sich nach Kräften mit Vorbereitungen zur Abfahrt und mit der Jagd zu schaffen. Ludwig Cornbutte studirte häufig das Fahrwasser und beschloß endlich, nach der Gestaltung der mittägigen Spitze die Durchfahrt mehr im Süden zu versuchen, denn schon begann der Eisgang an mehreren Stellen, und schwimmende Eisberge strömten auf die hohe See zu. Am 25. April wurde das Schiff in Stand gesetzt, die Segel verließen ihre Futterale und zeigten sich als vollkommen gut erhalten, und jedes Herz schlug freudig, als sie sich zum ersten Mal wieder im Hauch des Windes blähten. Das Schiff erbebte, denn wenn es sich auch noch nicht von der Stelle bewegen konnte, so hatte es doch seine Wasserlinie wieder gefunden und ruhte wieder in seinem natürlichen Element.

Im Monat Mai thaute es mit Macht, und der Schnee auf dem Ufer schmolz und bildete einen so dichten Schlamm, daß die Küste fast unzugänglich wurde. Ja, kleine, zartrosige, blasse Haidekräuter zeigten sich sogar unter der Schneedecke und schienen der geringen Wärme schüchtern zuzulächeln. Das Thermometer stand endlich wieder über Null.

Zwanzig Meilen südlich von dem Schiffe flutheten bereits vollständig losgelöste Eisschollen dem Atlantischen Ocean zu, und obgleich das Meer um die Jeune-Hardie noch nicht ganz frei war, stellte sich doch ein Fahrwasser her, das Ludwig Cornbutte zu benutzen gedachte.

Am 21. Mai, nach einem letzten Besuch bei dem Grabe seines Vaters, verließ Ludwig Cornbutte die Ueberwinterungsbai. Das Herz der Seeleute war voll Freude, aber auch voller Traurigkeit, denn Niemand verläßt gleichgiltig und ohne Wehmuth den Ort, wo er einen Freund sterben sah. Der Wind wehte aus Norden und begünstigte die Abfahrt der Brigg; aber oft wurde sie von Eisblöcken aufgehalten, die mit der Säge durchschnitten werden mußten, ehe das Schiff seine Fahrt fortsetzen konnte; denn wieder thürmten sich Eisschollen vor der Jeune-Hardie auf, und es mußten Minen angelegt werden, um sie zu sprengen. So schwebte das Schiff noch während eines ganzen Monats in Gefahr und war oft nur um ein Haar breit von seinem Untergange entfernt, aber die Mannschaft hielt sich gut und war schwierige und gefahrvolle Manoeuvres gewöhnt;

Penellan, Pierre Nouquet und Fidèle Misonne allein schafften so viel wie sonst zehn Matrosen, und Marie hatte für Jeden ein freundliches Wort und ein dankbares Lächeln.

Endlich, auf der Höhe der Insel Jan-Mayen, wurde die Jeune-Hardie ganz eisfrei, und am 25. Juni begegnete sie Schiffen, die zum Robben- und Wallfischfang nach Norden fuhren. Die Brigg hatte beinahe einen Monat gebraucht, um aus dem Eismeer zu kommen.

Am 16. August befand sich die Jeune-Hardie in Sicht von Dünkirchen; sie war von der Wache signalisirt worden, die ganze Hafenbevölkerung eilte ihr auf dem Damm entgegen, und bald drückten die Seeleute ihre Frauen und Kinder an die Brust. Der alte Pfarrer empfing Ludwig Cornbutte und Marie mit seinem schönsten Segen, und von den zwei Messen, die er am folgenden Tage las, galt die erste der Ruhe von Johann Cornbutte's Seele, die andere den beiden Verlobten, die schon so lange durch die Zeit des Unglücks geeint worden waren.

Ende

 **tredition**®

Über tredition

Eigenes Buch veröffentlichen

tredition wurde 2006 in Hamburg gegründet und hat seither mehrere tausend Buchtitel veröffentlicht. Autoren veröffentlichen in wenigen leichten Schritten gedruckte Bücher, e-Books und audio-Books. tredition hat das Ziel, die beste und fairste Veröffentlichungsmöglichkeit für Autoren zu bieten.

tredition wurde mit der Erkenntnis gegründet, dass nur etwa jedes 200. bei Verlagen eingereichte Manuskript veröffentlicht wird. Dabei hat jedes Buch seinen Markt, also seine Leser. tredition sorgt dafür, dass für jedes Buch die Leserschaft auch erreicht wird.

Im einzigartigen Literatur-Netzwerk von tredition bieten zahlreiche Literatur-Partner (das sind Lektoren, Übersetzer, Hörbuchsprecher und Illustratoren) ihre Dienstleistung an, um Manuskripte zu verbessern oder die Vielfalt zu erhöhen. Autoren vereinbaren direkt mit den Literatur-Partnern die Konditionen ihrer Zusammenarbeit und partizipieren gemeinsam am Erfolg des Buches.

Das gesamte Verlagsprogramm von tredition ist bei allen stationären Buchhandlungen und Online-Buchhändlern wie z. B. Amazon erhältlich. e-Books stehen bei den führenden Online-Portalen (z. B. iBookstore von Apple oder Kindle von Amazon) zum Verkauf.

Einfach leicht ein Buch veröffentlichen: **www.tredition.de**

Eigene Buchreihe oder eigenen Verlag gründen

Seit 2009 bietet tredition sein Verlagskonzept auch als sogenanntes "White-Label" an. Das bedeutet, dass andere Unternehmen, Institutionen und Personen risikofrei und unkompliziert selbst zum Herausgeber von Büchern und Buchreihen unter eigener Marke werden können. tredition übernimmt dabei das komplette Herstellungs- und Distributionsrisiko.

Zahlreiche Zeitschriften-, Zeitungs- und Buchverlage, Universitäten, Forschungseinrichtungen u.v.m. nutzen diese Dienstleistung von tredition, um unter eigener Marke ohne Risiko Bücher zu verlegen.

Alle Informationen im Internet: **www.tredition.de/fuer-verlage**

tredition wurde mit mehreren Innovationspreisen ausgezeichnet, u. a. mit dem Webfuture Award und dem Innovationspreis der Buch Digitale.

tredition ist Mitglied im Börsenverein des Deutschen Buchhandels.

Dieses Werk elektronisch lesen

Dieses Werk ist Teil der Gutenberg-DE Edition DVD. Diese enthält das komplette Archiv des Projekt Gutenberg-DE. Die DVD ist im Internet erhältlich auf **http://gutenbergshop.abc.de**

Zeitfracht Medien GmbH
Ferdinand-Jühlke-Straße 7
99095 Erfurt, Deutschland
produktsicherheit@kolibri360.de